Als Natalia Ginzburg 1947 ihren ersten Roman ›So ist es gewesen‹ vorlegte, wurde er unter anderem von Italo Calvino emphatisch begrüßt. Es handle sich dabei um ein Kunstwerk, das »mit seinen Erzählabsichten – ganz Auge, ganz Handlung, ganz stille menschliche Sympathie – der großen Tradition von Maupassant und Tschechow folgt«. Natalia Ginzburg erzählt die einfache Geschichte einer Liebe, voller Leidenschaft, Verzweiflung, Eifersucht, deren Ende gleich zu Anfang mitgeteilt wird (die enttäuschte Frau erschießt ihren Mann), um dann zu berichten, wie es dazu kommen mußte. Es geht um eine klassische Dreiecksgeschichte – alternder Mann heiratet eine wesentlich jüngere Frau, hat mit ihr ein Kind, kommt aber von einer langjährigen Liaison mit einer verheirateten Frau nicht los –, die mit den sparsamsten Mitteln des Neoverismus erzählt wird. Natalia Ginzburg gehört zum Umfeld der jungen Nachkriegsschriftsteller – wie etwa Pratolini, Vittorini oder Pavese –, die das Chaos nach dem Ende des Faschismus sichten und intellektuell-schriftstellerisch meistern wollten. Sie gehört zu den großen Autorinnen der italienischen Nachkriegsliteratur. Neben anderem ist sie auch eine emanzipatorische Autorin, freilich in einer Weise, daß die Literatur daran keinen Schaden nimmt. Dafür ist sie zu sehr Künstlerin.

Natalia Ginzburg, 1916 in Palermo geboren, und aus einer bürgerlichen und kulturell sehr interessierten Turiner Familie stammend, verbrachte Kindheit und Jugend in Turin; heiratete 1938 den als Antifaschisten bekannten Slawisten Leone Ginzburg; ihr Mann wurde 1944 von der regimetreuen Polizei ermordet; nach dem Krieg arbeitete Natalia Ginzburg als Lektorin in Mailand und ließ sich 1950 in Rom als Autorin und Übersetzerin (Proust) nieder, wo sie 1991 gestorben ist.
Von Natalia Ginzburg außerdem im Fischer Taschenbuch-Programm: ›Die Stadt und das Haus‹ (Bd. 9192), ›Nie sollst du mich befragen‹ (Bd. 12330) und ›Familienlexikon‹ (Bd. 12814).

Natalia Ginzburg

So ist es gewesen

Roman

Aus dem Italienischen
von Maja Pflug

Fischer Taschenbuch Verlag

Veröffentlicht im Fischer Taschenbuch Verlag GmbH,
Frankfurt am Main, Mai 1997

Lizenzausgabe mit freundlicher Genehmigung
des Verlags Klaus Wagenbach, Berlin
Die italienische Originalausgabe erschien unter
dem Titel ›E Stato Cosi‹ bei Giulio Einaudi Editore, Turin

Druck und Bindung: Clausen & Bosse, Leck
Printed in Germany
ISBN 3-596-12331-3

Gedruckt auf chlor- und säurefreiem Papier

Ich habe zu ihm gesagt: »Sag mir die Wahrheit«, und er hat gesagt: »Welche Wahrheit?« und zeichnete rasch etwas in seinen Notizblock. Er hat es mir hinterher gezeigt, es war ein langer, langer Zug mit einer großen schwarzen Rauchwolke, und er beugte sich aus dem Zugfenster und winkte mit dem Taschentuch.

Ich habe ihm in die Augen geschossen.

Er hatte mich gebeten, ihm eine Thermosflasche für die Reise fertig zu machen. Ich bin in die Küche gegangen und habe Tee gekocht, Milch und Zucker dazugetan und ihn in die Thermosflasche gefüllt, dann habe ich den Becher fest zugeschraubt und bin ins Arbeitszimmer zurückgegangen. Da hat er mir die Zeichnung gezeigt, und ich habe den Revolver aus seiner Schreibtischschublade genommen und auf ihn geschossen. Ich habe ihm in die Augen geschossen.

Aber ich dachte schon sehr lange, daß ich ihm früher oder später etwas antun würde.

Dann habe ich mir Regenmantel und Handschuhe angezogen und bin gegangen. Ich habe in der Bar einen Kaffee getrunken und bin aufs Geratewohl durch die Stadt gelaufen. Der Tag war recht kühl, und es wehte ein leichter Wind, der nach Regen schmeckte. In den Anlagen habe ich mich auf eine Bank gesetzt, die Handschuhe abgestreift und meine Hände betrachtet. Ich habe den Ehering abgenommen und eingesteckt.

Vier Jahre lang waren wir Mann und Frau. Er sagte mir, daß er mich verlassen wollte, doch dann starb unsere Tochter, und deshalb blieben wir zusammen. Er wollte, daß wir noch ein Kind bekommen, das würde mir guttun, meinte er, so schliefen wir oft zusammen in der letzten Zeit. Aber es gelang uns nicht, noch ein Kind zu bekommen.

Ich kam dazu, wie er Koffer packte, und fragte ihn, wo er hinführe. Er sagte, er führe nach Rom, um mit einem Rechtsanwalt über einen bestimmten Fall zu entscheiden. Ich könnte zu meinen Eltern gehen, dann wäre ich nicht allein zu Haus, solange er fort sei. Er wisse nicht genau, wann er aus Rom zurückkäme, in vierzehn Tagen, in einer Woche, er wisse es nicht. Ich dachte, er käme vielleicht überhaupt nicht wieder. Also habe ich auch Koffer gepackt. Er sagte, ich solle ein paar Romane zum Lesen mitnehmen, damit ich mich nicht langweile. Ich habe den *Jahrmarkt der Eitelkeiten* und zwei Bücher von Galsworthy aus dem Regal genommen und in meinen Koffer gelegt.

Ich habe gesagt: »Alberto, sag mir die Wahrheit«, und er hat erwidert: »Welche Wahrheit«, und ich habe gesagt: »Ihr fahrt zusammen weg«, und er hat gesagt: »Wer, zusammen?« Und hinzugefügt: »Du phantasierst immer herum und verzehrst dich innerlich, indem du dir dauernd schreckliche Sachen vorstellst, und so hast du keine Ruhe und läßt auch den anderen keine Ruhe.«

Er hat zu mir gesagt: »Nimm den Bus, der um zwei in Maona ankommt«, und ich habe geantwortet: »Ja.«

Er hat zum Himmel geschaut und zu mir gesagt: »Am besten ziehst du den Regenmantel und die Gummistiefel an.«

Ich habe gesagt: »Es ist mir lieber, ich weiß die Wahrheit, wie auch immer«, und er hat zu lachen angefangen und gesagt:

Verità va cercando, ch'è sí cara,
Come sa chi per lei vita rifiuta.*

Ich weiß nicht, wie lange ich dort auf der Bank gesessen habe. Die Anlagen waren menschenleer, die Bänke feucht vom Nebel, und der Boden war mit faulenden Blättern bedeckt. Ich dachte darüber nach, was ich tun sollte. In Kürze würde ich zum Polizeipräsidium gehen, sagte ich mir. Ich würde versuchen zu erklären, wie die Dinge sich in etwa zugetragen hatten, aber es würde nicht leicht sein. Man mußte beim ersten Tag beginnen, als wir uns bei Doktor Gaudenzi zu Hause kennengelernt haben. Er spielte mit Doktor Gaudenzis Frau vierhändig Klavier und sang irgendwelche Liedchen im Dialekt. Er sah mich an. Dann machte er mit Bleistift eine Zeichnung meines Gesichts in seinen Notizblock. Ich habe gesagt, sie schiene mir recht ähnlich zu sein, doch er hat nein gesagt und das Blatt herausgerissen. Doktor Gaudenzi hat gesagt: »Es gelingt ihm nie, Frauen zu porträtieren, die ihm gefallen.« Sie haben mich an einer Zigarette ziehen lassen und sich darüber amüsiert, wie mir die Augen tränten. Alberto hat mich in die Pension zurückbegleitet und gefragt, ob er mich am nächsten Tag besuchen und mir einen französischen Roman mitbringen dürfe, von dem er mir erzählt hatte.

Tags darauf ist er gekommen. Wir sind ein wenig spazierengegangen und haben uns dann in ein Café gesetzt. Er schaute mich mit lustigen, leuchtenden Augen an, und ich dachte, er sei vielleicht in mich verliebt. Da es mir noch nicht passiert war, von einem Mann geliebt zu werden, war ich sehr froh und wäre noch stundenlang mit ihm im Café geblieben. Abends sind wir ins Theater gegangen, und ich habe das schönste Kleid angezogen, das ich besaß, ein granatfarbenes Samtkleid, das meine Cousine Francesca mir geschenkt hatte.

* Die Wahrheit sucht er, die so teuer, wie der weiß, der für sie sein Leben opfert.

Vgl. Dante Alighieri, *La divina commedia*, Purgatorio, C. I, 71/72. (Anm. d. Übers.)

Francesca war auch im Theater. Sie saß hinter uns und winkte mir zu. Als ich am nächsten Tag zu Onkel und Tante zum Mittagessen gegangen bin, hat Francesca mich gefragt: »Wer war denn der Alte?« – »Welcher Alte?« habe ich gesagt. Und sie: »Der Alte im Theater.« Da habe ich zu ihr gesagt, das sei einer, der mir den Hof machte, er sei mir aber ganz gleichgültig.

Als er wieder in die Pension kam, um mich zu besuchen, habe ich ihn genau angesehn, und so alt schien er mir gar nicht zu sein. Francesca behauptet immer von allen, sie seien alt. Aber er gefiel mir nicht, ich war nur sehr froh, wenn er zu mir in die Pension kam, weil er mich mit so lustigen und leuchtenden Augen ansah, und es macht einfach Freude, wenn da ein Mann ist, der einen so ansieht. Ich dachte, er sei vielleicht sehr verliebt in mich, der Ärmste, und stellte mir vor, wie er mich fragen würde, ob ich ihn heiraten wollte, die Worte, die er sagen würde. Und wenn ich dann nein sagte, würde er mich fragen, ob wir Freunde bleiben könnten, und mich weiter ins Theater ausführen, und eines Abends würde er mir einen jüngeren Freund von sich vorstellen, der sich heftig in mich verlieben würde, und den wollte ich dann heiraten. Wir würden viele Kinder bekommen, und Alberto würde uns besuchen und zu Weihnachten einen großen Panettone mitbringen und froh, aber ein wenig melancholisch sein.

Ich stellte mir immer eine Menge Dinge vor, wenn ich in der Pension auf meinem Bett lag, und dachte, wie schön es wäre, wenn ich heiratete und meine eigene Wohnung hätte. Ich stellte mir vor, wie ich meine Wohnung mit tausend eleganten Kleinigkeiten und Grünpflanzen einrichten wollte, und wie ich dann in einem großen Sessel liegend Taschentücher sticken würde. Der Mann, den ich heiraten würde, hatte einmal dieses Gesicht, einmal jenes, aber die Stimme war immer dieselbe, und innerlich hörte ich diese Stimme immer dieselben ironischen und zärtlichen Worte wiederholen. Es war eine finstere Pension mit dunklen Tapeten an den Wänden, und im Zimmer neben meinem wohnte die Witwe eines Oberst, die jedesmal, wenn ich einen Stuhl verrückte oder das Fenster öffnete, mit einer

Bürste an die Wand klopfte. Morgens mußte ich früh aufstehen, um zu der Schule zu eilen, an der ich unterrichtete. Während ich mich rasch anzog, aß ich ein Brötchen und kochte mir auf dem Spirituskocher ein Ei. Wütend klopfte die Witwe des Oberst mit ihrer Bürste an die Wand, wenn ich im Zimmer herumlief und meine Kleider zusammensuchte, und die Tochter der Pensionseigentümerin, die hysterisch war, kreischte im Badezimmer wie ein Pfau, weil man ihr heiße Duschen verordnet hatte, die sie angeblich beruhigen sollten. Ich stürzte auf die Straße, und während ich in der eisigen Morgenluft einsam und allein auf die Trambahn wartete, unterhielt ich mich damit, eine Menge seltsamer Geschichten zu erfinden, die mich wärmten; daher kam ich manchmal mit einem so geistesabwesenden und entrückten Gesicht in die Schule, daß es bestimmt recht komisch aussah.

Einem Mädchen bereitet es großes Vergnügen zu denken, daß ein Mann vielleicht in sie verliebt ist, und auch wenn sie selbst nicht verliebt ist, wirkt es dann so, als wäre sie es, und sie wird viel hübscher, bekommt strahlende Augen, einen leichten Schritt und eine heiterere, sanftere Stimme. Bevor ich Alberto kennenlernte, dachte ich oft, ich würde immer allein bleiben, weil ich mich so farblos und unattraktiv fühlte, doch als ich ihm dann begegnet bin, war mir, als sei er in mich verliebt, und daraufhin sagte ich mir, daß ich, wenn ich ihm gefiel, auch einem anderen gefallen konnte, vielleicht sogar dem Mann mit der ironischen, sanften Stimme, der in mir sprach. Dieser Mann hatte einmal dieses, einmal jenes Gesicht, aber er hatte immer breite, kräftige Schultern und rote, etwas plumpe Hände und eine entzückende Art, sich über mich lustig zu machen, wenn er abends nach Hause kam und mich im Sessel liegend fand, wie ich Taschentücher stickte.

Wenn ein Mädchen viel allein ist und ein recht gleichförmiges, mühevolles Leben führt, mit wenig Kleingeld in der Tasche und abgewetzten Handschuhen, geht es in der Phantasie vielen Dingen nach und ist schutzlos den Irrtümern und Gefahren ausgesetzt, die die Phantasie jeden Tag für alle Mädchen bereithält. Schwache, wehrlose Beute der

Phantasie, las ich in einem großen, kalten Klassenzimmer achtzehn kleinen Schülerinnen Ovid vor und aß in dem düsteren Speisesaal der Pension, wobei ich aus den gelbgestrichenen Fenstern sah und darauf wartete, daß Alberto mich zum Konzert oder zum Spazierengehen abholte. Am Samstag nachmittag bestieg ich den Bus an der Porta Vittoria und fuhr nach Maona. Am Sonntag abend kam ich zurück.

Mein Vater ist seit über zwanzig Jahren in Maona Landarzt. Er ist ein großer, fetter alter Mann, der leicht hinkt und sich beim Gehen auf einen Stock aus Kirschholz stützt. Im Sommer trägt er einen Strohhut mit schwarzem Band, und im Winter trägt er eine Bibermütze und einen Mantel mit Biberbesatz. Meine Mutter ist eine kleine Frau mit einem großen Kranz weißer Haare. Mein Vater wird kaum noch geholt, weil er alt ist und sich mühsam bewegt, die Leute holen statt dessen den Arzt aus Cavapietra, der Motorrad fährt und in Neapel studiert hat. Meine Eltern verbringen die Tage in der Küche, wo sie mit dem Tierarzt und dem Gemeinderat Schach spielen. Wenn ich samstags in Maona ankam, setzte ich mich an den Ofen und blieb den ganzen Sonntag bis zur Abfahrtszeit dort sitzen. Ich briet dort am Ofen und döste mit Polenta und Suppe vollgestopft vor mich hin, ohne ein einziges Wort zu sagen, und mein Vater erzählte dem Tierarzt zwischen einer Partie Schach und der nächsten, daß die modernen Mädchen keinen Respekt mehr haben und nicht ein Wort darüber verlieren, was sie eigentlich machen.

Wenn ich mich mit Alberto traf, redete ich über meinen Vater und meine Mutter und erzählte ihm, wie ich in Maona gelebt hatte, bevor ich in die Stadt kam und unterrichtete, ich erzählte ihm davon, wie mein Vater mir mit seinem Stock auf die Finger schlug und ich mich in die Kohlenkammer verkroch und weinte, oder wie ich *Sklavin oder Königin* unter der Matratze versteckte, um nachts darin zu lesen, oder wie wir zum Friedhof gingen, mein Vater und das Dienstmädchen und der Gemeinderat und ich, und mich auf der Straße, die zwischen Feldern und Weinbergen zum Friedhof hinunterführt, eine wahnsinnige

Lust, weit fortzulaufen, überkam, wenn ich die Felder und die verlassenen Hügel betrachtete.

Alberto dagegen erzählte mir nie etwas von sich, und ich hatte mir angewöhnt, ihn nichts zu fragen, weil es mir noch nie in meinem Leben passiert war, daß sich jemand so sehr für mich interessierte und mich über alles ausfragte, so als ob es eine große Bedeutung hätte, was ich auf dem Weg zum Friedhof oder in der Kohlenkammer gesagt oder gedacht hatte. Daher war ich sehr froh und fühlte mich nicht mehr so allein, wenn ich mit Alberto durch die Stadt spazierte oder wir zusammen im Café saßen. Er hatte mir gesagt, daß er mit seiner Mutter zusammenwohne, die alt und krank sei. Doktor Gaudenzis Frau hatte mir erzählt, diese Mutter sei eine stinkreiche verrückte Alte, die ihre Tage damit verbrachte, Sanskrit zu studieren, und mit einem elfenbeinernen Mundstück Zigaretten rauchte und niemanden sah, außer einem Dominikanermönch, der jeden Abend kam, um ihr die Paulusbriefe vorzulesen, seit Jahren gehe sie nicht mehr aus dem Haus, weil sie behauptete, wenn sie Schuhe anzöge, schmerzten ihr die Füße, sie sitze immer in ihrer Villa in einem Sessel, mit einer jungen Köchin, die sie beim Einkaufen bestahl und sie malträtierte. Aber Alberto sprach nicht gern von sich, und am Anfang war es mir egal, doch später bedauerte ich es ein wenig und versuchte, ihn hie und da etwas zu fragen, doch immer nahm sein Gesicht einen selbstvergessenen, abwesenden Ausdruck an, und seine Augen wurden trüb, wie es bei kranken Vögeln geschieht, wenn ich ihn nach seiner Mutter, nach seiner Arbeit oder nach seinem Leben fragte.

Er sagte mir nie, daß er in mich verliebt sei, aber ich glaubte es, weil er mich oft in der Pension besuchte und mir Bücher und Pralinen als Geschenk mitbrachte und wollte, daß wir zusammen ausgehen. Ich dachte, er sei vielleicht schüchtern und wagte es nicht, sich zu erklären, also wartete ich, daß er mir sagen würde, er sei in mich verliebt, um es Francesca zu erzählen. Francesca hatte immer so viel zu erzählen und ich nie etwas. Dann aber habe ich Francesca erzählt, er sei in mich verliebt, obwohl er mir nichts gesagt hatte, weil er mir braune Wildlederhandschuhe geschenkt hatte, und an dem Tag war ich mir sicher, daß er mich liebhatte. Und ich habe ihr gesagt, daß ich ihn nicht heiraten wollte, weil er zu alt sei, ich wußte zwar nicht genau, wie alt, aber er war bestimmt über vierzig und ich damals erst sechsundzwanzig. Doch Francesca hat mir geantwortet, ich solle mir den Typen vom Hals schaffen, der gefalle ihr nämlich überhaupt nicht, ich solle ihm seine Handschuhe um die Ohren hauen, hat sie zu mir gesagt, die seien überhaupt nicht mehr Mode, so mit Reißverschluß am Handgelenk, und gäben mir eine provinzielle Note. Sie hat zu mir gesagt, sie habe das Gefühl, als werde ich mit dem Typen da noch Scherereien kriegen. Francesca war damals erst zwanzig, doch ich hörte immer auf sie, weil sie mir sehr intelligent vorkam. Diesmal jedoch hörte ich nicht auf sie, sondern trug die Handschuhe immerzu, denn sie gefielen mir, auch wenn sie Reißverschlüsse hatten, und es gefiel mir, mit ihm zusammen zu sein, also sah ich ihn weiterhin, weil es mir mit sechsundzwanzig Jahren noch nicht passiert war, daß ein Mann mir Geschenke machte und sich um mich kümmerte, und mein Leben erschien mir so trübsinnig und leer, ich dachte, daß Francesca gut reden hatte, sie, die einfach alles besaß, worauf sie Lust hatte im Leben, die reiste und immer viele unterhaltsame Dinge tat.

Und dann kam der Sommer, und ich fuhr nach Maona und wartete darauf, daß er mir schriebe, aber er hat mir nie geschrieben, außer einer Karte, auf der nur sein Name stand, von einem Dorf am See. Ich langweilte mich in Maona, und die Tage waren endlos. Ich saß in der Küche oder legte mich in mein Zimmer und las. Ein Handtuch um den Kopf gewickelt, schälte meine Mutter auf der Terrasse Tomaten und legte sie zum Trocknen auf ein Holzbrett, um sie dann einzumachen, mein Vater saß mit dem Tierarzt und dem Gemeinderat auf dem Mäuerchen am Platz vor unserem Haus und malte mit seinem Stock Zeichen in den Staub. Das Dienstmädchen wusch am Brunnen im Hof und wrang mit seinen roten kräftigen Armen die Wäsche aus, die Fliegen summten über den Tomaten, und meine Mutter säuberte das Messer mit einer Zeitung und wischte sich die verschmierten Hände ab. Ich betrachtete die

Karte, die Alberto mir geschickt hatte, ich kannte sie schon längst auswendig, den See und den Sonnenstrahl und die Segelboote, ich verstand nicht, warum er mir nur eine Karte geschickt hatte und sonst nichts. Jeden Tag wartete ich auf Post. Francesca schrieb mir zweimal aus Rom, wohin sie mit einer Freundin gefahren war, um an der Schauspielschule zu studieren, in einem Brief teilte sie mir mit, sie habe sich verlobt, und im nächsten sagte sie dann, es sei alles wieder aus. Oft dachte ich, Alberto würde mich vielleicht in Maona besuchen kommen. Mein Vater hätte sich im ersten Augenblick gewundert, doch ich wollte sagen, Alberto sei ein Freund von Doktor Gaudenzi. Ich ging in die Küche und trug den Abfalleimer hinaus, weil er stank, ich stellte ihn in die Kohlenkammer, aber das Dienstmädchen brachte ihn wieder zurück, weil sie fand, daß er überhaupt nicht stank. Ein bißchen fürchtete ich, daß er käme, weil ich mich schämte wegen des Abfalleimers und meiner Mutter mit dem Handtuch um den Kopf und den tomatenverschmierten Händen, und ein bißchen wartete ich auf ihn und glaubte immer, ihn zu sehen, wenn ich ans Fenster trat, um nachzuschauen, wer aus dem Bus stieg, und jedesmal, wenn ich einen kleinen Mann im weißen Regenmantel erblickte, bekam ich so etwas wie Herzklopfen und fühlte ein Zittern, doch dann war er es nicht, und ich ging ins Zimmer zurück und las und dachte nach bis zur Mittagessenszeit. Oft versuchte ich, wieder an den Mann mit der ironischen Stimme und den breiten Schultern zu denken, aber dieser Mann rückte in immer weitere Ferne, und sein unbekanntes und wandelbares Gesicht hatte keinen Sinn mehr für mich.

Als ich in die Stadt zurückkehrte, habe ich auf Alberto gewartet, weil ich dachte, er müsse sich vorstellen können, daß ich zurück war, da die Schule wieder anfing. Doch er kam nicht, und jeden Abend kämmte ich mich und puderte mich und setzte mich hin und wartete auf ihn, aber er kam nicht, und dann ging ich schlafen. In der finsteren Pension mit den geblümten Tapeten und mit dem Pfauenschrei der Tochter der Wirtin, die sich nicht ausziehen wollte. Ich hatte seine Adresse und auch die Telefonnummer, aber ich wagte es nicht, ihn anzurufen, bisher war er immer zu mir in die Pension gekommen. Ich sagte mir, daß er vielleicht noch nicht in die Stadt zurückgekehrt war. Doch eines Tages habe ich von einem öffentlichen Telefon aus seine Nummer gewählt, und er hat mit seiner Stimme geantwortet, ich habe nichts gesagt und den Hörer ganz leise aufgelegt. Jeden Abend puderte ich mich und wartete. Ich schämte mich und tat vor mir selbst so, als wartete ich gar nicht, fing an, ein Buch zu lesen, verstand aber nicht den Sinn dessen, was ich las. Die Nächte waren noch warm, und mein Fenster stand offen, ich hörte die Straßenbahnen, die eilig die großen Straßen entlangfuhren, und dachte, daß er vielleicht mit seinem weißen Regenmantel und der Ledertasche in einer dieser Trambahnen saß, vertieft in die geheimnisvollen Tätigkeiten seines Lebens, über das er nie mit mir sprechen wollte.

Und so habe ich mich dann in ihn verliebt, während ich mit gepudertem Gesicht in meinem Zimmer in der Pension saß und auf ihn wartete und die halben Stunden und die Stunden verstrichen und man den Pfauenschrei hörte, und während ich durch die Stadt ging und immer Ausschau hielt, ob er vorbeikäme, und mir jedesmal das Herz zitterte, wenn ich einen kleinen Mann im weißen Regenmantel erblickte, dessen eine Schulter höher war als die andere. So habe ich begonnen, immerzu an sein Leben zu denken, wie er in seiner Villa wohl lebte mit der Mutter, die Sanskrit studierte und keine Schuhe anziehen wollte, und ich habe begonnen zu denken, daß ich ja sagen würde, wenn er mich fragte, ob ich ihn heiraten wollte, und dann hätte ich zu jeder Stunde, in jeder Minute wissen können, wo er war und was er tat, und er hätte abends beim Heimkommen seinen Regenmantel auf einen Stuhl im Gang geworfen, und ich hätte ihn dann in den Schrank gehängt. Francesca war noch nicht aus Rom zurück, und ich dachte, daß sie mich nach Alberto fragen würde, wenn sie zurückkäme und ich ihr dann sagen müßte, daß ich ihn nach dem Sommer nicht mehr gesehen hatte, und sie dann sagen würde: »Wieso, er war doch verliebt in dich«, und sich wundern würde, während ich mich schämte.

Eines Tages bin ich zu den Gaudenzis gegangen, um zu sehen, ob ich ihn dort anträfe oder ob sie etwas über ihn sagen würden. Der Doktor war nicht da, nur seine Frau, die gerade Fenster putzte. Ich habe ihr eine Weile zugesehen, wie sie die Scheiben abrieb, und sie hat mir erklärt, daß man zuerst Zeitungspapier und in Wasser aufgelöste Asche nehmen müsse und dann ganz sacht mit einem Wolllappen nachpolieren, dann würden sie glänzen, daß es eine Pracht sei. Danach ist sie von der Leiter heruntergestiegen und hat mir eine heiße Schokolade gekocht, aber über ihn sagte sie nichts, und so bin ich schließlich fortgegangen.

Irgendwann habe ich ihn auf der Straße getroffen. Ich habe ihn von weitem gesehen mit seiner Ledertasche und dem offenen, flatternden Regenmantel. Ich bin ihm ein Stück weit gefolgt und hinter ihm hergegangen. Er drehte sich nicht um und rauchte, ab und zu die Asche abklopfend, dann ist er stehengeblieben, um die Kippe auszutreten, da hat er mich gesehen. Er war sehr froh, und wir sind zusammen ins Café gegangen. Er sagte, daß er viel zu tun hätte und deswegen noch nicht zu mir in die Pension gekommen sei, daß er aber oft an mich gedacht hätte. Ich schaute ihn an und versuchte, in dem kleinen Mann mit den grauen Locken die Sache wiederzuerkennen, die mich diese ganze Zeit gequält und mit Angst erfüllt hatte. Ich fühlte mich völlig kalt und verbittert und wie innerlich zerbrochen. Er fragte mich, wie ich den Sommer verbracht hätte und ob ich mich in der Kohlenkammer versteckt hätte, und dann lachten wir zusammen. Er erinnerte sich an alles, was ich ihm von mir erzählt hatte, nichts hatte er vergessen. Ich habe ihn gefragt, wie er denn den Sommer verbracht hätte. Sogleich hat er einen müden, irgendwie geistesabwesenden Ausdruck angenommen und gesagt, daß er nur auf den See geblickt habe und daß ihm Seen sehr gefielen, weil es keinerlei Gewalt im Licht und in der Farbe eines Sees gibt, während das Meer etwas zu Großes und Grausames ist mit seinen Lichtern und heftigen Farben.

Doch als wir eine Weile zusammensaßen, waren wir wieder wie vorher und lachten miteinander über die Dinge, die ich ihm erzählte. Er schien sehr, sehr froh, mit mir zusammen zu sein, und ich war auch sehr froh und hatte vergessen, daß ich so lange vergeblich auf ihn gewartet hatte, ich sagte mir, daß er vielleicht wirklich viel zu tun gehabt hatte. Ich erzählte ihm von meinem Vater und meiner Mutter und dem Gemeinderat und den neuen Leuten, die jetzt in der Pension wohnten, und er zeichnete rasch mein Gesicht in seinen Notizblock, während ich sprach, und riß dann das Blatt heraus und zeichnete mein Gesicht von neuem. Und er machte auch eine Zeichnung von dem See und sich in einem Ruderbötchen und alten Damen am Ufer, deren kleine kraushaarige Hunde mit aufgestelltem Schwanz gegen die Bäume pinkelten.

Wir haben wieder angefangen, uns fast jeden Tag oder Abend zu sehen, und wenn ich in die Pension zurückkehrte und in mein Zimmer hinaufging, fragte ich mich, ob er in mich verliebt war und ob ich in ihn verliebt war, und verstand gar nichts mehr. Er sagte mir nie irgendwelche Liebesworte, und auch ich sprach natürlich nie mit ihm darüber, sondern redete über meine Schule und über die Pension und über die Bücher, die ich gelesen hatte. Ich dachte an seine kleinen, schmalen Hände, die etwas in den Notizblock zeichneten, und die grauen Locken, die das hagere Gesicht einrahmten, und den kleinen, schmächtigen Körper in dem weißen Regenmantel, der durch die Stadt ging. Ich dachte den ganzen Tag daran und sah nichts anderes, und einmal waren es die Hände, einmal der Notizblock, einmal der Regenmantel und dann wieder der Notizblock und die Locken unter dem Hut und das schmale Gesicht und die Hände. In dem frisch grüngestrichenen Klassenzimmer mit der Landkarte von Asien und dem Papstbild las ich achtzehn kleinen Mädchen Xenophon vor, aß im Speisezimmer der Pension, während die Wirtin zwischen den Tischen umherspazierte, und stieg samstags an der Porta Vittoria in den Bus und hatte das Gefühl zu verblöden, weil es mir nicht gelang, für irgendwen oder irgend etwas Interesse aufzubringen. Ich fühlte mich nicht mehr so sicher, daß er mich liebte. Dennoch brachte er mir Bücher und Pralinen mit und schien sehr, sehr froh, mit mir zusammen zu sein. Doch er erzählte mir nie etwas von seinem Leben, und während ich in der Klasse Xenophon vorlas oder Noten ins Klassenbuch schrieb, hatte ich in Gedanken immer nur seinen kleinen Körper vor mir, vertieft in seine geheimnisvollen Tätigkeiten, seinen kleinen Körper, wie er in seinem weißen Regenmantel mir unbekannten Wünschen und Impulsen durch die Stadt hinterherflatterte, und ich war gepackt wie von einem Fieber. Ich war früher eine recht gute Lehrerin gewesen und interessierte mich sehr für alle meine Schülerinnen und für meine Arbeit. Jetzt aber empfand ich keinerlei Zuneigung mehr für die achtzehn kleinen Mädchen in den Bänken vor mir, sie waren mir so gleichgültig, daß ich mich vor ihnen ekelte und den Blick abwand.

Francesca kam aus Rom zurück und war schlechtester Laune, eines Abends war ich bei ihnen zum Essen eingeladen, aber ich dachte immerzu, daß Alberto später in die Pension kommen würde, und wollte nur schnell wieder gehen. Es war ein langes Abendessen mit Onkel und Tante, die stritten, und Francesca, die schlechter Laune war und stumm dasaß in einem wunderschönen schwarzen Strickkleid, in dem sie älter und blasser wirkte. Die Tante hat mich nach dem Essen in ihr Zimmer gerufen und mich gefragt, was Francesca hätte, und ich habe ihr gesagt, ich wisse es nicht. Ich wollte nur weg, aber die Tante hielt mich an der Hand und weinte und sagte, sie verstehe Francesca überhaupt nicht mehr, und außerdem ziehe sich Francesca jetzt immer schwarz an und trage schwarze Hüte, die sie älter machten, und man bekomme nicht heraus, was sie an der Schauspielschule getrieben habe und was sie weiter vorhabe. Die Tante hat mir gesagt, daß Francesca sich im Sommer verlobt habe und dann alles geplatzt sei, er sei ein sehr guter, anständiger Junge, und Francesca habe ihn sitzenlassen. Und ich fühlte, daß die Zeit verging und Alberto vielleicht schon in der Pension saß, und die Hand der Tante hielt meine Hand fest, und sie weinte mit dem Gesicht im Taschentuch.

Als ich ging, war es schon spät, und in der Pension wollten sie gerade die Tür abschließen, als ich ankam, und das Dienstmädchen hat mir gesagt, der übliche Herr sei dagewesen und habe eine Weile im kleinen Salon auf mich gewartet und sei dann fortgegangen. Ich bin in mein Zimmer gegangen und habe mich ins Bett gelegt, und auf einmal mußte ich weinen. Es war das erste Mal in meinem Leben, daß ich um einen Mann weinte, und da habe ich gedacht, daß ich ihn wohl liebte, wenn ich so weinte. Und ich habe gedacht, daß ich einwilligen würde, wenn er mich fragte, ob ich ihn heiraten wollte, und daß wir dann immer zusammensein würden und ich zu jeder Stunde und in jeder Minute wüßte, wo er wäre. Doch als ich dachte, daß wir dann auch Liebe miteinander machen würden, schauderte mich, und daraufhin sagte ich mir, daß ich vielleicht doch nicht verliebt war, und verstand gar nichts mehr.

Er aber sagte nichts, und wir waren zusammen wie zwei Freunde und redeten. Er wollte nicht von sich sprechen, er wollte nur, daß ich redete. Und mir war, als langweilte er sich an den Tagen, an denen ich traurig war und schwieg, und dann überkam mich die Furcht, er könnte mich nicht mehr besuchen, und ich strengte mich an, fröhlich zu sein, erzählte ihm von den Leuten in der Pension und dem Pfauenschrei, und wir lachten zusammen. Doch wenn ich ihn dann verließ, war ich müde und legte mich aufs Bett und dachte an die Phantasien, die ich mir früher ausmalte. Jetzt war ich viel zu verblödet, um mir Phantasien auszumalen. Jetzt sammelte ich in meinem Gedächtnis jedes Wort, das er zu mir sagte, und prüfte, ob es Liebe enthielt, ich nahm all jene Worte und drehte und wendete sie innerlich, und einen Augenblick lang schien mir, als hätten sie einen Sinn, und eine Sekunde später hatten sie einen anderen Sinn, und schließlich ließ ich sie wieder fallen, und meine Augen trübten sich.

Einmal hat er mir gesagt, es gelinge ihm nie, irgend etwas ernsthaft zu betreiben. Er zeichne, sei aber nie ein Maler geworden, und er spiele Klavier, habe es aber nie soweit gebracht, gut zu spielen, er sei Anwalt, habe es aber nie nötig gehabt, seinen Lebensunterhalt zu verdienen, und deshalb könne, auch wenn er nicht in die Kanzlei ging, nichts Ernstliches passieren. So liege er morgens im Bett und lese Romane. Doch oftmals überfalle ihn Scham und zugleich so etwas wie Sattheit, und er fühle sich ersticken in seinem weichen, warmen Bett mit der gelbseidenen Daunendecke. Er sagte zu mir, er sei wie ein Korken, der im Meer auf dem Wasser schwimmt, die Wellen schaukeln ihn zwar angenehm hin und her, doch wird er niemals wissen können, was am Grunde des Meeres ist. Nur dies hatte er mir von sich gesagt, und dann noch, daß er gern Dörfer an Seeufern mochte, und ich sammelte seine Worte und drehte und wendete sie innerlich, doch das war wenig angesichts der großen, geheimnisvollen Weite seines Lebens, in der ich irgendwo eine Sanskrit lernende Alte und eine gelbseidene Daunendecke herumschwimmen sah.

Während ich dort in den Anlagen saß, hat es plötzlich zu regnen begonnen, und ich bin aufgestanden. Ich bin wieder in die Bar gegangen und habe noch einen Kaffee getrunken und mich einen Augenblick an den einzigen Tisch in der Bar neben das Fenster gesetzt. Ich lehnte an der Scheibe und sah dem Regen zu, und plötzlich fragte ich mich, ob wohl jemand den Schuß gehört hatte. Unser Haus liegt am Ende einer einsamen Straße in einem kleinen Garten mit vielen Bäumen. Es war möglich, daß niemand etwas gehört hatte. Es ist das Haus, wo die Alte gelebt hat, die Sanskrit lernte, und die Regale sind voller Bücher, die auf Sanskrit geschrieben sind, und der Geruch der Alten haftet noch in den Räumen. Ich habe die Alte nie gesehen, denn sie starb, bevor wir heirateten, aber ich habe ihre Zigarettenspitze aus Elfenbein in einer Schachtel gesehen und ihre Pantoffeln und ihren wollenen Häkelschal und ihre leeren Puderdosen mit einem Wattebausch darinnen, und überall habe ich ihren Geruch wahrgenommen.

Als seine Mutter starb, brach er völlig zusammen. Er fand sie eines Morgens tot im Bett. An dem Tag sollte er mich nachmittags abholen, um in eine Gemäldeausstellung zu gehen. Ich habe auf ihn gewartet, und er kam und kam nicht, da habe ich ihn angerufen. Er hat mir gesagt, daß seine Mutter gestorben war. So unmittelbar wußte ich nicht viel zu sagen, deshalb habe ich ihm dann einen Brief geschrieben. Der Brief ist ganz schön geworden; manchmal gelingt es mir, gut zu schreiben. Zur Beerdigung bin ich nicht gegangen, weil die Alte verfügt hatte, sie wolle niemanden auf ihrer Beerdigung. Das hat Doktor Gaudenzi mir gesagt, als ich ihn anrief, um mich zu erkundigen. Einige Tage danach hat Alberto mir ein Kärtchen geschickt, in dem er mir mitteilte, er fühle sich noch nicht bereit auszugehen und bitte mich, ihn zu Hause aufzusuchen. Bei dem Gedanken, daß ich seine Wohnung sehen würde, bekam ich heftiges Herzklopfen. Ich traf ihn an mit langen Bartstoppeln, zerrauften Haaren und in der Schlafanzugjacke. Er hatte mit dem Dienstmädchen gestritten, und das Dienstmädchen hatte gekündigt. Er versuchte, den Ofen anzuzünden, aber er knüllte immer nur Zeitungspapier zusammen und brachte ihn nicht an. Schließlich habe ich den Ofen geschürt, und wir haben uns daneben gesetzt, und er hat mir ein Jugendbild seiner Mutter gezeigt, eine mächtige, hochmütige Frau, in deren Knoten nach spanischer Manier ein großer Kamm steckte. Er hat lange über seine Mutter gesprochen, und es war nicht leicht für mich, das Bild des freundlichen, empfindsamen Geschöpfs, von dem er sprach, mit der Frau auf dem Portrait und mit der launischen Alten in Pantoffeln, an die ich immer gedacht hatte, in Übereinstimmung zu bringen. Ich betrachtete das Zimmer und den Ofen und den Garten draußen vor dem Fenster mit den kahlen hohen Bäumen und dem wilden Wein an dem Einfriedungsmäuerchen und fühlte mich so ruhig und heiter, wie ich es seit langem nicht mehr gewesen war, ich fühlte mich, während ich dort mit ihm in seinem Haus saß, als sei das Fieber erloschen und das seltsame, krampfhafte Gefühl, das ich seit einiger Zeit hatte.

Als ich ging, war ich so froh, daß ich keine Lust hatte, allein in der Pension herumzusitzen, und so ging ich zu Francesca. Doch Francesca war schlechtester Laune, und kaum hatte sie mir ins Gesicht gesehen, hat sie gesagt, sie habe keine Lust, sich Vertraulichkeiten anzuhören, weil ihr die anderen egal seien und sie Kopfweh habe. Sie lag mit einer Wärmflasche auf dem Bett und hat mir gesagt, ich solle ihr das Mantelfutter annähen, sie müsse gleich ausgehen, also habe ich ihr das Mantelfutter geflickt und sie dann allein gelassen.

Doch er hat mich nicht mehr aufgefordert, zu ihm nach Hause zu kommen, statt dessen gingen wir am Fluß spazieren oder saßen lange im Café. Er hat nicht mehr über seine Mutter mit mir gesprochen. Er trug einen Trauerflor am Ärmel seines Regenmantels, hatte aber wieder angefangen, seine Zeichnungen in den Notizblock zu machen, und er hat auch eine Zeichnung von uns beiden gemacht, wie wir den Ofen anzündeten. Wenn er mich dann allein ließ, empfand ich immer ein Gefühl der Verwunderung und der Leere und verstand nichts von diesem Mann. Ich verstand nicht, warum er so viele Stunden mit mir verbrachte und mich nach den Leuten in der Pension fragte und zeichnete. Es fiel nie ein einziges Wort der Liebe zwischen uns. Wir gingen weit am Fluß entlang oder durch die angrenzenden Straßen, wo gewöhnlich die Liebespaare hingehen, und es gab nie ein Wort oder eine Geste der Liebe zwischen uns.

Dann habe ich ihm einmal gesagt, daß ich ihn liebte, weil ich es leid war, dieses Geheimnis weiter mit mir herumzutragen, und oft das Gefühl hatte zu ersticken, wenn ich allein in meinem Pensionszimmer saß mit diesem Geheimnis, das in mir wuchs, und weil ich spürte, wie ich immer mehr verblödete und für nichts und niemanden Interesse aufzubringen vermochte. Ich mußte wissen, ob auch er mich liebte und ob wir eines Tages heiraten würden. Es war mir ein Bedürfnis wie Essen oder Trinken, und außerdem habe ich auf einmal gedacht, daß man immer die Wahrheit sagen muß, auch wenn es sehr schwierig ist und Mut verlangt. So habe ich ihm also gesagt, daß ich ihn liebte. Wir lehnten am Geländer einer Brücke. Es dunkelte, ganz langsam fuhren die Karren die Straße entlang, und die Pferde hatten eine Papierlaterne unter dem Bauch hängen. Die Vögel erhoben sich still aus dem hohen, struppigen Gras am Flußufer. Eine Weile sahen wir schweigend zu, wie es Nacht wurde und in den letzten Häusern am Stadtrand nicht weit von uns die Lichter angingen. Er erzählte mir, daß ihm als Kind diese Papierlaternen so gut gefallen hätten und er das ganze Jahr auf den St.-Martins-

Abend gewartet habe, um diese Laternen auf den Balkon zu hängen, die dann am nächsten Morgen zerrissen waren und ihn traurig machten. Aber auf einmal habe ich ihm alles gesagt, ich habe ihm gesagt, wie ich immer in meinem Zimmer in der Pension auf ihn wartete, und ich habe ihm gesagt, wie ich mich allein quälte und es mir nicht mehr gelang, die Fehler in den Aufsätzen zu finden, und ich allmählich verblödete und ihn liebte. Ich habe mich umgedreht, um ihn anzuschauen, nachdem ich gesprochen hatte, und habe sein erschrockenes, trauriges Gesicht gesehen. Da begriff ich, daß er mich nicht liebte, und begann zu weinen. Er hat sein Taschentuch hervorgezogen und mir die Tränen getrocknet. Er war blaß und voller Schrecken und hat mir gesagt, er hätte niemals gedacht, daß mir das passieren könnte, und er sei sehr gern mit mir zusammen und empfinde sehr viel Freundschaft für mich, aber lieben würde er mich nicht. Er hat mir gesagt, daß er seit vielen Jahren in eine Frau verliebt sei, er könne sie aber nicht heiraten, weil sie schon verheiratet sei, es komme ihm aber so vor, als könne er niemals mit einer anderen Frau leben. Und er habe es falsch gemacht mit mir und habe mir weh getan, ohne es zu wissen, nie habe er gedacht, mir so weh tun zu können. Wortlos sind wir in die Stadt zurückgekehrt. An der Tür der Pension haben wir uns verabschiedet, und er hat mich gefragt, ob er am nächsten Tag wiederkommen dürfe, und ich habe ihm geantwortet, daß es mir lieber sei, wir sähen uns nicht mehr. Er hat gesagt: »Ja«, und ist fortgegangen. Er wirkte bedrückt, und ich habe ihm nachgeschaut, während er sich entfernte, er ging mit hängenden Schultern und den kleinen, müden Schritten eines Jungen, der geschlagen worden ist.

Ich stieg in mein Zimmer hinauf, legte mich ohne Abendessen in mein Bett und bat das Zimmermädchen, Francesca anzurufen und ihr zu sagen, ob sie zu mir kommen könne. Sie ist gekommen. Sie war sehr schön in dem schwarzen Strickkleid und einer türkischen Mütze mit seidener Troddel und hatte sich die Augenbrauen ausrasiert. Sie setzte sich an mein Bett, zündete eine Zigarette an und sagte: »Los.« Doch ich weinte und konnte nicht sprechen.

Sie rauchte und wartete. »Ist es immer noch dieser Alte?« sagt sie zu mir, und ich sage: »Ja.« Sie hat den Mund verzogen und eine große Rauchwolke herausgepafft. Und gesagt: »Der Typ gefällt mir nicht.«

Nach und nach habe ich ihr alles erzählt. Sie ist bis Mitternacht geblieben, und wir mußten dann das Zimmermädchen wecken, damit sie uns das Haustor aufschließt. Francesca hatte mir Schlaftabletten dagelassen, aber ich habe trotzdem nicht geschlafen. Ab und zu nickte ich ein, doch plötzlich sah ich Albertos Gesicht voller Schrecken und Schmerz vor mir. Ich fragte mich, was ich jetzt mit meinem Leben anfangen sollte. Und ich schämte mich für jedes Wort, das ich zu ihm gesagt hatte, und alle seine Worte und meine Worte brannten in meinem Körper.

Am nächsten Morgen ist Francesca zu mir gekommen. Sie hat mir Orangen mitgebracht. Sie hat das Zimmermädchen zu meiner Schule geschickt und ausrichten lassen, ich habe Bronchitis. Dann hat sie meiner Mutter geschrieben, daß ich am nächsten Samstag nicht nach Maona käme, weil ich mich nicht wohl fühlte. Sie hat mir eine Orange geschält, ich hatte aber keine Lust, sie zu essen, und so hat sie sie selber gegessen. Sie hat mir gesagt, ich solle den ganzen Tag nicht aufstehen. Sie hat mir gesagt, das einzige, was mir übrigbleibe, sei, mit ihr nach San Remo zu fahren und zwei Monate dort zu bleiben. Ich habe ihr gesagt, das könne ich nicht wegen der Schule, und außerdem hätte ich kein Geld. Sie hat geantwortet: »Wen juckt diese dreckige Schule«, und Geld hätte sie für zwei, und wir würden am nächsten Morgen abreisen. In San Remo würde sie mir ihr rückenfreies Tüllabendkleid mit den zwei hellblauen Rosen auf der Schulter leihen. Sie hat den Koffer vom Schrank heruntergeholt, ihn mit einer Zeitung ausgewischt und meine Kleider hineinzulegen begonnen, dann ist sie nach Hause gegangen zum Mittagessen und um ihren eigenen Koffer zu packen. Ich bin noch eine Weile im Bett geblieben. Ich dachte an die Frau, die er liebte. Diese Frau stand regungslos vor mir und starrte mich mit dummen, grausamen Augen in einem großen, rosa gepuderten Gesicht an. Sie hatte einen weichen, vollen Busen und lange, beringte Hände. Dann verschwand sie, und nach einer Minute hatte ich sie erneut vor mir, doch diesmal war es eine abgehärmte, verbrauchte kleine Frau mit einem breiten, altmodischen Hut und müdem, besorgtem Gesichtsausdruck. Die kleine Frau mit dem breiten Hut empfand Mitleid mit mir, aber ihre Gegenwart war mir unerträglich, und mir graute vor ihrem mitleidigen Blick.

Ich fragte mich, was ich mit meinem Leben anfangen würde. Die Worte, die ich gesagt und angehört hatte, flossen immer wieder in mir hin und her. Mein Mund war trocken und bitter, und mein Kopf schmerzte.

Das Hausmädchen kam und sagte mir, der übliche Herr warte unten im kleinen Salon auf mich. Ich bin aufgestanden und habe mich angekleidet. Als ich hinunterkam, saß er da mit seiner Tasche auf den Knien. Er hatte die verfrorene, bekümmerte Miene eines Jungen, der nachsitzt. Er erzählte mir, er habe nicht geschlafen, und ich erwiderte, ich hätte auch nicht geschlafen. Wir sind ins Café gegangen. Wir haben uns ganz hinten in einen dunklen, menschenleeren kleinen Saal mit Spiegeln gesetzt, auf denen in großen roten Lackbuchstaben »Cinzano« stand. Im Raum daneben wurde Billard gespielt, und man hörte die Stimmen und das Klicken der Kugeln. Er hat mir gesagt, daß er es nicht aushalte, ohne mich zu sehen, und daß er eine schlimme Nacht verbracht habe in dem Gedanken, wie sehr er mir weh getan habe. Aber er könne nicht sein, ohne mich zu sehen, und seine Mutter sei erst kürzlich gestorben, und er fühle sich so allein in seinem Haus. Er könne den Gedanken nicht ertragen, nie mehr mit mir zusammen zu sein, und seine Tage seien kalt und leer, wenn er mich nicht treffe. Daraufhin habe ich ihm gesagt, er habe ja diese Frau. Aber er hat gesagt, diese Frau sei sehr oft böse zu ihm, und sein Leben sei freudlos, und er fühle sich sehr dumm und nutzlos, wie ein Korken, der auf dem Wasser schwimmt.

Ich bin nicht nach San Remo gefahren. Francesca ist zu mir gekommen, und ich habe ihr gesagt, daß ich nicht mitkäme. Sie ist sehr wütend geworden und hat alle Orangen auf den Boden geworfen und den Koffer hingeschmissen und mit Füßen getreten. Die Witwe des Oberst begann heftig mit ihrer Bürste an die Wand zu klopfen. Ich habe ihr, Francesca, gesagt, wenn es eine Sache auf der Welt gebe, zu der ich keine Lust hätte, dann sei es, nach San Remo zu fahren, und ich habe ihr gesagt, es graue mir vor dem Meer mit seinen Lichtern und seinen heftigen Farben. Ich habe ihr gesagt, ich würde lieber allein in meinem Zimmer in der Pension krepieren als in den Zug steigen und losfahren, denn wenn einer unglücklich sei, tue es ihm gut, seine Wunden allein zu lecken an den Orten, wo er schon immer war, und neue Orte täten unglücklichen Leuten gar nicht gut. Sie hat mir geantwortet: »Dann sieh zu, wo du bleibst, und ruf mich gefälligst ein andermal nicht abends an dein Sterbebett, ich habe Besseres zu tun.« Sie hat sich ihre türkische Kopfbedeckung aufgesetzt und einen Augenblick in den Spiegel geschaut, während sie den Mantel zuknöpfte und ihn über den Hüften glattstrich.

Als er mich gefragt hat, ob ich ihn heiraten wollte, habe ich ja gesagt. Aber ich habe ihn gefragt, wie er es denn mit mir aushalten würde, wenn er doch in eine andere Frau verliebt sei, und da hat er gesagt, wenn ich ihn sehr liebhätte und mutig sei, könnten wir es vielleicht sehr gut miteinander haben, außerdem gebe es viele solcher Ehen, denn es sei sehr schwierig und selten, daß zwei sich gleichermaßen liebten, wenn sie heirateten. Ich wollte noch viel mehr darüber wissen, was er für mich empfand, aber es gelang mir nicht, lange über wichtige Dinge mit ihm zu sprechen, weil es ihn langweilte, den Dingen und den Worten auf den Grund zu gehen, sie in alle Richtungen zu drehen und zu wenden, wie ich es tat. Und wenn ich anfing, von dieser Frau zu reden, in die er verliebt war, und ihn fragte, ob er sich noch mit ihr träfe, trübten sich seine Augen, und seine Stimme klang müde und fern, und er sagte mir nur, sie sei eine böse Frau und habe ihn viel leiden lassen, und jetzt wolle er nicht mehr daran denken.

Er hat mir also gesagt, daß wir heiraten würden, und wir sahen uns weiterhin, und nun hielt er mir die Hände und küßte mich, wenn wir allein im Café oder am Fluß waren, doch sagte er mir nie genau den Monat und den Tag, an dem wir heiraten sollten. Da habe ich einmal gesagt, daß wir zusammen nach Maona fahren müßten und daß er mit meinem Vater reden müsse. Er sah nicht so aus, als ob er Lust dazu hätte, aber er ist mitgekommen. Ich hatte meiner Mutter geschrieben, sie solle den Mülleimer aus der Küche entfernen und für Samstag ein gutes Essen vorbereiten, denn ich brächte jemand mit. Wir sind an der Porta Vittoria in den Bus gestiegen, und er hat alle Leute in seinen Notizblock gezeichnet, die im Bus saßen. Als wir in Maona ankamen, waren meine Eltern ein wenig erstaunt und erschreckt, doch er hat gleich gesagt, daß er mit meinem Vater sprechen wolle, und sie haben sich im Wohnzimmer eingeschlossen, und meine Mutter hat ein Kohlebecken hinübergetragen, weil es im Wohnzimmer kalt ist, und sie haben miteinander gesprochen. Mein Vater war danach sehr zufrieden, und wir haben Marsala getrunken, meine Mutter aber hat mich beiseite genommen und ein wenig geweint, sie hat gesagt, er komme ihr schon so alt vor, dieser Mann, und er sei kleiner als ich und reiche mir kaum bis zur Schulter, und sie habe die Vorstellung, der Mann müsse größer sein als die Frau, wenn zwei heiraten. Sie hat mich gefragt, ob ich sicher sei, daß ich ihn liebe, und ich habe ja gesagt, daraufhin hat sie mich umarmt und in ihr Zimmer geführt, wo sie mir die Tischtücher und die Laken zeigte, die sie schon lange bereithielt für den Tag meiner Hochzeit. Alberto ist den ganzen Tag plaudernd in der Küche geblieben, meine Mutter hatte den Mülleimer hinausgetragen und zwei Salzstreuer kaufen lassen, damit das Salz nicht wie immer in einem Schälchen auf den Tisch käme, und nach dem Abendessen sind der Tierarzt und der Gemeinderat gekommen, und mein Vater hat ihnen gesagt, Alberto sei mein Verlobter. Alberto hat mit dem Gemeinderat Schach gespielt, und dann haben wir noch einmal Marsala getrunken. Alberto ist noch am selben Abend zurückgefahren, er hatte sich sehr mit dem Gemeinderat angefreundet und ihm versprochen, er wolle ihm einige dänische Briefmarken schikken, die er zu Hause hatte, weil der Gemeinderat Briefmarken sammelte.

Als ich mich an jenem Abend in meinem Zimmer auszog und mich in mein Bett legte, in dem ich schon als Kind geschlafen hatte, kam eine Art Erschrecken und Ekel über mich, als ich daran dachte, daß wir bald heiraten und Liebe miteinander machen würden. Ich sagte mir, das komme wohl daher, daß ich noch nie Liebe gemacht hatte, aber ich fragte mich, ob ich ihn wirklich liebte, und entsann mich, daß ich immer ein wenig Widerwillen empfand, wenn er mich küßte. Ich sagte mir, daß es sehr schwierig sei zu wissen, was wir wirklich in uns haben, denn wenn es schien, als ginge er aus meinem Leben fort, fühlte ich solchen Schmerz, daß mir war, als könne ich nicht weiterleben, und wenn er in meinem Leben war wie jetzt und mit meinem Vater und meiner Mutter sprach, erfaßten mich Ekel und Schrecken. Aber ich habe gedacht, daß es vielleicht allen Mädchen so geht und daß man mutig sein muß, daß es verkehrt ist, wenn einer allen seinen kleinen Gefühlen nachgeht und die ganze Zeit in sich hineinhorcht und hineinsieht, daß er dann nicht die richtige Art zu leben findet.

Ich bin den Sonntag in Maona geblieben, und mein Vater ist am Morgen in die Stadt gefahren, um sich mit Doktor Gaudenzi zu treffen und etwas über Alberto zu erfahren. Als er abends zurückkam, war er noch zufriedener als vorher und sagte mir, es freue ihn, daß ich einen anständigen, hochangesehenen Mann in ausgezeichneter gesellschaftlicher Position ausgewählt habe. Meine Mutter aber weinte und sagte, die Ehe sei eine Unbekannte, und daraufhin sagte er zu ihr, sie sei blöd, und die Frauen fänden immer einen Vorwand, um ein bißchen zu flennen.

Bevor wir heirateten, machte es ihm Spaß, wenn wir zusammen ins Café oder spazierengingen, und ich gefiel ihm, auch wenn er mich nicht liebte. Er verließ sein Haus, um mich zu besuchen, er ging sogar bei Regen aus, um mit mir zusammen zu sein. Er zeichnete mein Gesicht in den Notizblock und hörte mir zu.

Doch nachdem wir geheiratet hatten, zeichnete er mein Gesicht nicht mehr. Er zeichnete Tiere und Züge. Ich habe ihn gefragt, ob er Züge zeichne, weil er fort wollte. Er hat angefangen zu lachen und nein gesagt. Aber einen Monat nach unserer Hochzeit ist er gegangen. Er ist zehn Tage fortgewesen. Ich habe ihn eines Morgens angetroffen, wie er seinen Koffer packte. Er sagte, er mache mit Augusto eine kleine Reise in der Umgebung, um die Orte wiederzusehen, wo sie als Jungen die Bauernhöfe durchstreiften. Er hat mich nicht gefragt, ob ich mitkommen wollte. Er hat es nicht einmal angedeutet. Doch ich war nicht weiter erstaunt, weil er und Augusto von klein auf befreundet waren und eine ganz eigene, innige Art hatten, zusammen zu sein, und sich in einer Sprache voller Anspielungen unterhielten, die die anderen nicht verstehen konnten. Zudem hatte er mir einmal gesagt, daß ich Augusto nicht sympathisch sei. Er reiste ab. Ich war nicht sonderlich betrübt, dachte aber, daß ich etwas unternehmen müsse, um Augusto ein wenig sympathischer zu werden, dann würde ich mitfahren können, wenn sie das nächste Mal eine Reise machten. Ich fuhr auch gern durch kleine Dörfer. Vielleicht glaubte er, so etwas gefiele mir nicht.

Wir hatten ein sechzehnjähriges Dienstmädchen, die Tochter des Schusters aus Maona. Sie hieß Gemma. Sie war sehr töricht und lachte näselnd in einer Weise, die mir unangenehm war. Sie bildete sich ein, es gebe Mäuse im Haus, doch ich habe nie welche gesehen. Nachts schlief sie mit dem Gesicht unter dem Laken vor Angst, die Mäuse könnten auf ihr Bett steigen und sie fressen. Dann fuhr sie einmal nach Maona und kam mit einer Katze zurück. Beim Putzen unterhielt sie sich mit ihr. Die Katze verkroch sich immer in dem Zimmer, in dem die Alte gestorben war, und Gemma traute sich nicht hinein, weil sie glaubte, die Alte würde plötzlich aus dem Schrank hervortreten und sie blenden. Also blieb sie an der Schwelle stehen und flehte die Katze an, da herauszukommen. Die Katze schnurrte auf dem Sessel, und Gemma rief sie von der Tür her und lockte sie mit Käserinden. Doch ich ging oft in dieses Zimmer, weil ich mir gern vorstellte, wie die Alte wohl gewesen sei, und gern ihren Geruch einatmete, der noch an den Wänden und den leeren Puderdosen und den Vorhängen mit den Troddeln haftete. Am Fenster stand noch ihr Sessel mit dem Fußschemel, und im Schrank hing ihr schwarzes Kleid und ihr wollener Häkelschal.

Albertos Arbeitszimmer war abgeschlossen. Er schloß es jedesmal ab, wenn er fortging, und steckte den Schlüssel in die Tasche. Ich fragte ihn, warum, und er antwortete, in der Schreibtischschublade liege ein geladener Revolver. Die Schublade besitze kein Schloß, die könne er nicht zusperren, deshalb schließe er eben das Zimmer ab. Er hat gelacht und gesagt, er wolle nicht, daß ich auf dumme Gedanken komme. Er sagte, er habe den geladenen Revolver seit vielen Jahren in seiner Schublade liegen für den Tag, an dem er Lust bekomme, sich umzubringen oder jemanden umzubringen. Es sei eine alte Gewohnheit, schon fast so etwas wie eine abergläubische Überzeugung. Er fügte hinzu, auch Augusto habe in seinem Zimmer einen geladenen Revolver in der Schublade.

Als er fort war, blieb ich oft vor dem abgeschlossenen Zimmer stehen. Ich dachte, daß er es nicht wegen des Revolvers abschließe. Vielleicht bewahrte er Briefe oder Bilder dort auf. Es tat mir leid, daß ich nicht auch etwas hatte, was ich vor ihm verstecken konnte. Aber ich hatte einfach nichts vor ihm zu verstecken. Alles hatte ich ihm von meinem Leben erzählt. Bis zu dem Tag, an dem ich ihm begegnete, war es ein recht mittelmäßiges und farbloses Leben gewesen. Und ich hatte alles von mir abfallen lassen, was nichts mit ihm zu tun hatte. Ich unterrichtete nicht mehr. Francesca sah ich nur noch selten. Seit ich mich geweigert hatte, nach San Remo mitzufahren, traf sich Francesca ungern mit mir. Ich fühlte, daß sie sich anstrengen mußte, um mir keine unangenehmen Sachen zu sagen. Es wäre mir lieber gewesen, sie hätte mich schlecht behandelt, wie sie es früher machte. Statt dessen war sie jetzt kalt und freundlich. Die Gaudenzis luden uns manchmal abends ein, Alberto und mich, und waren sehr nett zu uns und sagten, sie fühlten sich als Urheber unseres Glücks, weil ich Alberto bei ihnen kennengelernt habe. Aber Alberto sagte, sie seien Idioten, und fand immer irgendwelche Ausreden, um nicht hinzugehen. Wenn dagegen

Augusto abends zu uns kam, freute er sich immer sehr. Sie setzten sich zusammen ins Arbeitszimmer, und ich ging schlafen, weil Alberto mir gesagt hatte, Augusto fühle sich befangen, wenn ich dabei sei.

Wenige Tage, nachdem er abgereist war, traf ich Augusto auf der Straße. Er ging mit hochgeschlagenem Mantelkragen, die Hände in der Tasche, und starrte mich einen Augenblick lang mit seinem kräftigen, verächtlichen Gesicht an. Ein Zittern überkam mich, und ich habe nicht mit ihm gesprochen, er hat mich mit einem kleinen Nicken gegrüßt und ist rasch davongegangen. So habe ich erfahren, daß Alberto mich angelogen hatte, daß er nicht mit Augusto fortgefahren war. Ich bin nach Hause zurückgekehrt. Habe mich an den Ofen gesetzt, und die Katze ist mir auf den Schoß gesprungen. Da habe ich gedacht, daß unsere Ehe eine Katastrophe war. Das hatte ich vorher noch nie gedacht. Ich streichelte die Katze und starrte durch die Scheiben in den Garten mit den in der untergehenden Sonne rosigen Blättern. Und mir wurde klar, daß ich mich in dem Haus wie ein Gast fühlte. Ich dachte nie, es sei mein Haus, und wenn ich durch den Garten ging, dachte ich nie, es sei mein Garten, und wenn Gemma einen Teller zerbrach, fühlte ich mich schuldig, auch wenn Alberto nichts sagte. Mir war immer, als müßte die Alte gleich aus dem Schrank hervorkommen und mich mit Gemma und der Katze aus ihrem Haus jagen. Aber wo war ich dann jetzt zu Hause? In Maona hatte meine Mutter die Kartoffeln und die Gläser mit den eingemachten Tomaten in mein Zimmer gestellt. Und ich bekam Lust, wieder in meinem Pensionszimmer mit dem Pfauenschrei und den geblümten Tapeten zu leben und mir auf dem Spirituskocher ein Ei zu kochen.

Ich habe zu Abend gegessen und mich ins Bett gelegt. Ich fror und konnte nicht einschlafen. Im Dunkeln schlugen meine Zähne aufeinander. In diesem Bett hatten wir nach unserer Rückkehr von der Hochzeitsreise zum ersten Mal Liebe gemacht. Vierzehn Tage am See. Ich ekelte und schämte mich, wenn er Liebe mit mir machte, dachte aber, es ginge in der ersten Zeit vielleicht allen Frauen so. Ich spürte ihn gern, wenn er neben mir schlief. Ich war ruhig. Ich habe ihm gesagt, wie ich mich beim Liebemachen fühlte, und gefragt, ob es allen Frauen so gehe. Er hat mir geantwortet, er wisse nicht, was zum Teufel in den Frauen vorgehe, ich müßte ein Kind kriegen, denn das sei für eine Frau, und auch für einen Mann, das Wichtigste. Und ich solle von dem Laster ablassen, ununterbrochen starr in mich hineinzusehen.

Es war mir nicht in den Sinn gekommen, daß er mich anlügen könnte. Ich hatte ihm beim Kofferpacken geholfen, hatte ihm eine Wolldecke mitgegeben, weil ich dachte, es könne kalt sein in den Bauernhöfen oder den Landgasthäusern, wo sie, wie er sagte, übernachten wollten. Er wollte die Decke nicht, und ich hatte darauf bestanden. Er hatte in großer Eile das Haus verlassen, weil er sagte, Augusto erwarte ihn im Bahnhofscafé.

Ich dachte daran, wie wir Liebe machten, an die zärtlichen, krampfhaften Worte, die er mir sagte. Dann schlief er ein, und ich fühlte seinen ruhigen Atem im Dunkeln neben mir. Ich lag noch lange wach und suchte alle Worte zusammen, die er zu mir gesagt hatte. Ich machte nicht sehr gern Liebe, aber es gefiel mir, im Dunkeln wachzuliegen und mir alle seine Worte wieder vorzusagen.

Er war nicht mit Augusto weggefahren. Er war mit dieser Frau weggefahren. Gewiß log er mich nicht zum erstenmal an, gewiß hatten sie sich schon öfter getroffen, nachdem er beschlossen hatte, mich zu heiraten. Wenn er sagte, er gehe in die Kanzlei, traf er sich vielleicht statt dessen mit ihr. Sie machten Liebe, und er sagte ihr die gleichen krampfhaften Worte, die er auch mir sagte. Dann lag er regungslos an ihrer Seite, und sie seufzten ein wenig vor Schmerz, nicht immer zusammensein zu können. Die Frau stand im Dunkeln regungslos vor mir. Sie trug ein glänzendes Seidenkleid und viel Schmuck. Sie gähnte und streifte sich mit einer lässigen Geste die Strümpfe ab. Dann verschwand sie und kam einen Augenblick später zurück, und diesmal war es eine große, männliche Frau mit langen, energischen Schritten und einem Pekinesen auf dem Arm.

Alberto war zehn Tage weg. Eines Abends kam er zurück. Er schien sehr müde und schlechter Laune zu sein. Er sagte, er wolle einen ganz heißen Kaffee. Gemma war schon schlafen gegangen, also habe ich den Kaffee gemacht und ins Schlafzimmer gebracht. Er trank den Kaffee und sah mich an. Er hatte mich nicht geküßt. Langsam trank er den Kaffee und sah mich unverwandt an. Ich habe zu ihm gesagt: »Du warst nicht mit Augusto weg. Mit wem warst du weg?«

Er hat die Tasse auf den Tisch gestellt und ist aufgestanden, ist sich mit den Fingern durch die Locken gefahren und hat sich kräftig am Kopf gekratzt. Er hat sich die Krawatte und die Jacke ausgezogen und sie über den Stuhl geworfen. Dann hat er gesagt:

»Ich bin müde und will schlafen. Ich habe keine Lust zu reden.«

»Augusto ist hiergeblieben«, habe ich gesagt, »ich habe ihn auf der Straße getroffen. Mit wem warst du weg?«

»Allein«, hat er gesagt, »ich war allein weg.«

Wir haben uns hingelegt, und ich habe das Licht ausgemacht.

»Die Reise war alles andere als schön«, erhob sich seine Stimme unvermittelt im Dunkeln. »Es wäre besser gewesen, ich wäre daheim geblieben.«

Er ist zu mir gerückt und hat sich an meinen Körper geschmiegt.

»Frage mich nichts«, sagte er, »ich bitte dich. Ich bin traurig und sehr müde. Am liebsten wäre mir, du bist ganz still und ruhig. Ich fühle mich so traurig.«

»Ist sie eine böse Frau?« habe ich gefragt.

»Sie ist eine unglückliche Frau«, sagte er zu mir und streichelte ganz sacht meinen Körper. »Sie hat keine Schuld, wenn sie jemandem weh tut.«

Stumme, heiße Tränen rannen über mein Gesicht. Er hat mein Gesicht mit der Hand berührt und sich noch fester an mich gepreßt.

»Eine Höllenfahrt«, sagte er zu mir, und ich hörte ihn leise lachen. »Frag mich nichts. Frag mich nichts, nie, niemals. Du bist das einzige, was ich habe. Denk daran.«

Sein Kopf lag auf meiner Schulter, und ich berührte mit der Hand seine dichten, struppigen Locken und sein hageres, warmes Gesicht. Wir haben uns geliebt, und zum erstenmal habe ich mich nicht vor ihm geekelt.

Einige Monate später ist er wieder weggefahren. Ich habe ihn nichts gefragt. Er packte den Koffer in seinem Arbeitszimmer, und ich sah, wie er einen Band Rilke-Gedichte einsteckte. Mir las er auch manchmal am Abend Rilke vor. Er ist abgereist. Er hat zu mir gesagt: »Ich komme in zwei Wochen zurück.« Die Tür zum Arbeitszimmer hat er wie immer abgeschlossen. Das vergaß er nie. Ich habe ihm zugelächelt, während er fortging.

Als ich die Treppe hinaufstieg und in mein Zimmer zurückkehrte, lag immer noch dieses Lächeln auf meinen Lippen, und ich versuchte, es noch ein wenig auf meinem Gesicht zu bewahren. Ich habe mich vor den Spiegel gesetzt und mir die Haare gebürstet. Ich lächelte immer noch dieses idiotische Lächeln. Ich war schwanger, und mein Gesicht war fett und bleich. Die Briefe, die ich meiner Mutter schrieb, waren von dem gleichen feigen, idiotischen Lächeln geprägt, das jetzt auf meinem Gesicht lag. Allerdings war ich nicht mehr nach Maona gefahren, weil ich vor den Fragen Angst hatte, die meine Mutter mir stellen würde.

»Du bist das einzige, was ich habe. Denk daran.« Ich hatte daran gedacht, und die Worte hatten mir geholfen, jeden Tag ein wenig zu leben. Doch nach und nach verloren sie an Süße, wie ein Pflaumenkern, den man zu lange gelutscht hat. Ich fragte ihn nichts. Er kam spätabends heim, und ich fragte ihn nicht, was er gemacht hatte. Aber ich hatte so lange auf ihn gewartet, daß sich das Schweigen in mir verdichtet hatte. Vergeblich suchte ich nach etwas, das ich ihm sagen könnte, weil ich fürchtete, er würde sich mit mir langweilen. Gerne hätte ich komische und unterhaltsame Dinge gesagt. Ich strickte unter der Lampe, und er las Zeitung und kratzte sich dabei kräftig am Kopf. Manchmal zeichnete er in seinen Notizblock, doch zeichnete er nicht mehr mein Gesicht, sondern Züge und Pferde. Kleine galoppierende Pferde mit wehendem Schweif. Seit wir die Katze hatten, zeichnete er auch Katzen und Mäuse. Ich habe zu ihm gesagt, er solle eine Katze mit seinem Gesicht und eine Maus mit meinem Gesicht malen. Er hat zu lachen angefangen und gefragt, warum. Ich habe geantwortet, ob es ihm nicht so vorkomme, als ob wir so wären, wir zwei. Er hat wieder gelacht und gesagt, ich komme ihm keineswegs wie eine Maus vor. Aber er hat eine Katze mit seinem Gesicht und eine Maus mit meinem Gesicht gezeichnet. Die Maus schaute erschrocken und bedrückt und strickte, und die Katze war schwarz und wild und zeichnete in einen Notizblock.

Als er das zweite Mal wegfuhr, ist am selben Abend Augusto zu mir gekommen. Er ist den ganzen Abend geblieben und hat mir gesagt, Alberto habe ihn bei seiner Abreise gebeten, mir ab und zu Gesellschaft zu leisten, solange er fort sei. Ich wunderte mich ein wenig und wußte nicht, was ich sagen sollte. Die Pfeife zwischen den Zähnen saß er vor mir, hatte einen häßlichen grauen Wollschal um den Hals geworfen und sah mich mit seinem großen kräftigen Gesicht mit dem schwarzen Schnauzbart stumm und starr an. Dann fragte ich ihn, ob es stimme, daß er mich nicht leiden könne. Er wurde rot bis in die Augen und bis zu den Haarwurzeln, und wir mußten beide lachen. Und so sind wir ein wenig Freunde geworden. Oft genügt ein Satz zwischen zweien, die nicht wissen, was sie miteinander reden sollen. Wir haben uns dann geduzt, weil er sagte, er könne nicht mit jemandem reden, wenn er ihn siezte. Er sagte, im großen und ganzen empfinde er für niemanden Sympathie, und er sei in seinem Leben nur einem einzigen wirklich sehr sympathischen Menschen begegnet, und das sei er selbst. Er sagte, wenn er schlechte Laune habe, schaue er in den Spiegel und lächle sich kurz zu, dann werde er sofort wieder lustig. Ich sagte, ich würde es auch manchmal probieren, mir im Spiegel zuzulächeln, aber bei mir nütze es nichts. Er fragte, ob ich oft schlechte Laune hätte, und ich antwortete: »Ja, oft.« Er saß mit der Pfeife zwischen den Zähnen vor mir und stieß aus dem geschlossenen Mund den Rauch aus.

»Augusto«, sagte ich, »wie ist diese Frau?«

»Frau?« sagt er, »welche Frau?«

»Die Frau, die mit Alberto verreist.«

»Hör zu«, hat er zu mir gesagt, »es ist zwecklos, daß wir darüber reden. Es erscheint mir nicht richtig, daß wir zwei miteinander darüber reden.«

»Ich weiß nichts über sie«, habe ich gesagt, »ich weiß nicht einmal, wie sie heißt. Und ich verzehre mich innerlich, indem ich grübele, wie ihr Gesicht ist.«

»Sie heißt Giovanna«, hat er mir geantwortet. »Ein beliebiges Gesicht. Nichts außergewöhnliches.«

»Ist sie nicht sehr schön?« habe ich gefragt.

»Woher soll ich das wissen«, sagte er. »Ich verstehe nicht viel von Schönheit. Ich glaube schon, ich glaube, sie ist ziemlich schön, alles in allem. Oder wenigstens war sie einmal schön, als sie noch jünger war.«

»Dann ist sie jetzt nicht mehr so jung?«

»Nein, nicht besonders«, sagte er, »aber was nutzt es, darüber zu sprechen?«

»Bitte«, sagte ich zu ihm, »ich möchte manchmal mit dir darüber sprechen. Ich bin es leid, immer allein daran zu denken. Ich weiß nichts über sie. Ich wußte nicht einmal, daß sie Giovanna heißt. So kommt es mir vor, als sei ich immer im Dunklen. Mir ist, als sei ich blind und bewegte mich, indem ich die Wände und die Gegenstände abtaste.«

Das Wollknäuel fiel mir herunter, und er bückte sich, um es aufzuheben. »Warum zum Teufel habt ihr beiden eigentlich geheiratet?« sagte er.

»Ja«, sagte ich, »ich habe mich geirrt. Er hatte keine große Lust dazu, hat aber nicht weiter darüber nachgedacht. Er denkt nicht gern lang über die wichtigen Dinge nach. Und dann haßt er die Leute, die ununterbrochen in sich hineinsehen und sich anstrengen, die richtige Art zu leben zu finden. Wenn er mich still und stumm dasitzen und denken sieht, zündet er sich eine Zigarette an und geht. Ich habe ihn geheiratet, weil ich immer wissen wollte, wo er gerade ist. Und er weiß immer, wo ich bin. Er weiß, daß ich hier bin und auf ihn warte. Aber ich weiß nie, wo er ist. Er ist nicht mein Mann. Ein Ehemann ist einer, von dem du immer weißt, wo er ist. Einer, bei dem du, wenn du gefragt wirst: ›Wo ist er?‹ immer sofort antworten kannst, ohne zu fürchten, du könntest dich irren. Ich aber gehe nicht mehr aus dem Haus vor Angst, Leuten zu begegnen, die ich kenne und die mich fragen: ›Wo ist er?‹ Ich wüßte nicht, was ich antworten soll, verstehst du? Es mag dir ja dumm vorkommen«, habe ich gesagt, »aber ich schäme mich und gehe nicht mehr aus dem Haus.«

Er sagte: »Warum habt ihr denn bloß geheiratet? Was hat euch da bloß gepackt?« Ich habe zu weinen begonnen. »Das war ein schöner Blödsinn«, sagte er. Er blies den Rauch aus seinem Mund und blickte mich schweigend an. Sein finsteres, eigensinniges Gesicht schien sich zu weigern, Mitleid mit mir zu empfinden.

»Augusto«, sagte ich zu ihm, »wo ist Alberto? Wo mag er jetzt sein?«

»Ich weiß nicht«, sagte er. »Gute Nacht. Ich muß gehen.« Er nahm seinen Mantel vom Stuhl und kratzte mit einem Streichholz die Asche aus der Pfeife. Hochaufgerichtet stand seine einsame Gestalt im Türrahmen. »Ich kann nichts daran ändern, wirklich«, sagte er. »Gute Nacht.«

Ich konnte die ganze Nacht nicht schlafen. Ich stellte mir vor, daß Augusto sich in mich verliebte und mein Geliebter würde. Jeden Tag eilte ich in die Stadt, um ihn in einem Hotel zu treffen. Ich käme sehr spät heim, und Alberto wartete auf mich und blickte mir angstvoll ins Gesicht, um herauszufinden, wo ich gewesen sei. Doch als Augusto mich einige Abende später wieder besuchte, schaute ich ihn an und schämte mich dessen, was ich gedacht hatte. Er hob mein Wollknäuel auf, wenn es herunterfiel, und stopfte seine Pfeife und zündete sie an und kratzte mit einem Streichholz die Asche heraus und ging auf dem Teppich auf und ab, und ich stellte mir vor, wie wir in einem Hotelzimmer Liebe miteinander machten, und wurde rot vor Scham. Aber er sah nicht so aus, als ob er sich in mich verliebte, und ich hatte kein bißchen Lust, Liebe mit ihm zu machen. Ich sprach nicht mehr von Alberto und mir, und auch er kam nicht mehr darauf zurück, wir wußten nicht recht, worüber wir reden sollten, und ich langweilte mich, und es kam mir so vor, als langweilte er sich auch. Aber ich war froh, daß wir uns ein wenig angefreundet hatten. Als Alberto zurückkehrte, habe ich ihm sofort gesagt, daß wir uns ein wenig angefreundet hatten. Er erwiderte nichts, wirkte aber gar nicht froh. Er tobte und schrie im Bad herum, weil das Wasser nicht heiß genug war und er seinen Rasierpinsel und die anderen Dinge, die er brauchte, nicht fand. Als er dann glattrasiert und mit brennender Zigarette aus dem Bad kam, habe ich ihn gefragt, ob diese Reise besser gewesen sei als die letzte. Er antwortete, es sei eine beliebige Reise gewesen, nicht der Rede wert, er habe nach Rom gemußt, um über gewisse Geschäfte zu reden. Ich habe ihm gesagt, daß ich ihn bäte, nicht mehr wegzufahren, bis unser Kind geboren sei, weil ich Angst hätte, mich nachts unwohl zu fühlen, und wenn ich allein wäre, könnte ein Unglück geschehen. Daraufhin hat er gesagt, ich sei ja nicht die erste Frau auf der Welt, die ein Kind bekäme, und wenn ich solche Ängste hätte, sollte ich sehen, wie ich damit fertig würde. Eine Zeitlang haben wir nicht mehr gesprochen, und ich weinte, während ich strickte, und dann hat er türenschlagend das Haus verlassen.

Abends kam Augusto, und ich habe ihn ins Wohnzimmer gebeten, und Alberto hat noch einmal gesagt, er sei geschäftlich in Rom gewesen, und hat sich bei Augusto bedankt, daß er mir ab und zu Gesellschaft geleistet hatte. Nach einer Weile rief Gemma mich in die Küche, um mir das Haushaltsbuch zu zeigen, und als ich zurückkehrte, waren die beiden nicht mehr da, und ich hörte sie im Arbeitszimmer reden. Ich überlegte, ob ich zu ihnen gehen oder im Wohnzimmer bleiben sollte, ich wollte gehen und konnte mich nicht entscheiden und dachte zum Schluß, daß ja nichts dabei sei, wenn ich ginge. Ich nahm mein Strickzeug und wollte die Tür öffnen, aber es war abgeschlossen. Ich hörte Albertos Stimme, die sagte: »Ja, es ist sinnlos.« Was war sinnlos? Ich setzte mich ins Wohnzimmer und begann, die Maschen zu zählen. Ich fühlte mich müde und schwer, und das Kind bewegte sich in mir. Da habe ich gedacht, ich würde am liebsten sterben mit meinem Kind und nicht mehr diese Angst spüren und überhaupt nichts mehr fühlen.

Ich bin ins Bett gegangen und eingeschlafen. Als Alberto kam, bin ich aufgewacht. Ich habe zu ihm gesagt: »Ich habe keine Angst und möchte sterben mit meinem Kind«, und er hat geantwortet: »Schlaf und red keinen Quatsch. Ich will nicht, daß du stirbst.« – »Was kümmert es dich, wenn ich sterbe«, habe ich gesagt. »Du hast Augusto und Giovanna und brauchst mich nicht. Das Kind brauchst du genauso wenig, was wirst du mit einem Kind anfangen, du bist schon alt und hast so viele Jahre ohne Kinder verbracht, es ging dir gut, und du hattest gar nicht den Wunsch, welche zu haben.«

Er hat gelacht und gesagt:

»So alt bin ich dann auch wieder nicht. Vierundvierzig.«

»Uralt bist du«, habe ich gesagt. »Deine Haare sind ganz grau. Jetzt hast du vierundvierzig Jahre ohne Kinder gelebt. Was willst du mit einem Kind anfangen? Es ist zu spät, du kannst dich nicht mehr an ein Kind gewöhnen, das auf einmal in deinem Haus weint.«

»Red keinen Quatsch, ich bitte dich«, hat er gesagt. »Du weißt, wie sehr ich mir dieses unser Kind wünsche.«

»Warum hast du nicht mit Giovanna ein Kind gemacht?«

Er hat tief geseufzt im Dunkeln. Dann hat er gesagt:

»Ich habe dich gebeten, nicht über diese Person mit mir zu sprechen.«

Ich habe mich im Bett aufgesetzt.

»Sag nicht diese Person. Sag Giovanna.«

»Wie du willst«, hat er geantwortet.

»Sag Giovanna.«

»Giovanna.«

»Warum habt ihr nicht daran gedacht, ein Kind zusammen zu machen?«

»Weil ich nicht glaube, daß es ihr gefallen hätte, ein Kind mit mir zu haben.«

»Nein? Dann hat sie dich also nicht lieb?«

»Ich glaube nicht, daß sie mich sehr liebhat.«

»Und ich habe dich auch nicht lieb. Es ist unmöglich, dich liebzuhaben. Weißt du, warum? Weil du keinen Mut hast. Du bist ein kleiner Mann, der nicht den Mut hat, den

Dingen auf den Grund zu gehen. Ein Korken, das bist du. Niemand hat dich lieb, und du hast niemanden lieb.«

»Du hast mich nicht lieb?« hat er gefragt.

»Nein.«

»Seit wann hast du mich nicht mehr lieb?«

»Ich weiß nicht. Schon eine Weile.«

Wieder hörte ich ihn seufzen. Dann hat er gesagt:

»Das ist ein großes Unglück.«

»Alberto«, habe ich gesagt, »sag mir, wo du in diesen Tagen gewesen bist.«

»Ich war in Rom wegen bestimmter Geschäfte.«

»Allein? Oder mit Giovanna?«

»Allein.«

»Schwör es.«

»Ich habe keine Lust zu schwören«, erwiderte er.

»Weil es nicht wahr ist. Du warst mit Giovanna fort. Sag mir, wo ihr wart. Am See? Wart ihr am See?«

Er zündete sich eine Zigarette an und stand auf. Er nahm eine Decke aus dem Schrank.

»Ich schlafe drüben im Arbeitszimmer«, sagte er. »So werden wir beide mehr Ruhe haben.«

Klein und schmächtig stand er in seinem zerknitterten, hellblauen Schlafanzug mit zerrauften Haaren in der Mitte des Zimmers, die Decke über dem Arm, Müdigkeit und Angst im Gesicht. Ich habe zu weinen angefangen und gesagt:

»Nein, Alberto, ich will nicht, daß du weggehst. Ich will nicht, daß du weggehst.«

Ich weinte und zitterte, und er trat zu mir und strich mir übers Haar. Ich nahm seine Hand und küßte sie.

»Es ist nicht wahr, daß ich dich nicht mehr liebhabe«, sagte ich. »Du glaubst nicht, wie lieb ich dich habe. Ich könnte nie mit einem anderen Mann zusammensein. Ich könnte weder mit Augusto noch mit sonst einem anderen Mann Liebe machen. Ich schlafe gern mit dir. Ich bin deine Frau. Ich warte immer auf dich, wenn du fort bist. Ich denke an nichts anderes, es gelingt mir nicht, an irgend etwas anderes zu denken, und nach und nach verblöde ich. Es tut mir leid, daß ich verblöde, aber es ist nicht meine

Schuld. Ich entsinne mich an alles, was zwischen uns war, vom ersten Tag unserer Begegnung an. Ich bin froh, daß ich deine Frau bin.«

»So ist's recht«, erwiderte er, nahm die Decke und ging zum Schlafen ins Arbeitszimmer.

Lange Zeit haben wir nicht mehr zusammen in einem Bett geschlafen.

Es war dunkel, als ich die Bar verließ. Es regnete nicht mehr, aber das Straßenpflaster glänzte noch naß. Ich bemerkte auf einmal, daß ich sehr müde war, und meine Knie brannten wie Feuer. Doch ich lief noch eine ganze Weile weiter durch die Stadt und nahm dann eine Trambahn und stieg bei Francescas Haus aus. Aber die Wohnzimmerfenster waren erleuchtet, und als ich das Dienstmädchen mit einem Tablett sah, fiel mir wieder ein, daß Mittwoch war, und mittwochs empfängt Francesca ihre Freunde. Also bin ich nicht zu ihr hinaufgegangen. Ich lief wieder los. Meine Füße waren müde und schwer, und mein Strumpf hatte an der linken Ferse ein Loch, dort, wo der Schuh an der nackten Ferse rieb, schmerzte es. Ich dachte, früher oder später müsse ich wohl nach Hause zurück. Da überlief mich ein Schauer, wie von Übelkeit. Ich ging in die Anlagen zurück, setzte mich auf eine Bank und hob den Fuß ein wenig aus dem Schuh, um die Stelle zu sehen, wo er mir weh tat. Die Ferse war rot und geschwollen, es hatte sich eine Blase gebildet, die aufgegangen war und blutete. Eng umschlungene Paare küßten sich auf den Bänken und im Dunkel der Bäume, ein alter Mann lag zusammengekauert unter einem grünen Mantel auf der Erde und schlief. Ich schloß die Augen und dachte an manche Nachmittage, an denen ich mit dem Kind in den Anlagen spazierengegangen war, wir kamen immer nur sehr langsam voran, und ich gab der Kleinen Milchkaffee, den ich in einer Thermosflasche in der Tasche bei mir trug. Ich hatte eine sackartige Tasche, in der ich alles mitnahm, was die Kleine brauchte, das Gummilätzchen und das Frotteelätzchen und eine bestimmte Sorte weiche Plätzchen mit Rosinen, die uns meine Mutter aus Maona schickte und die sie mochte. Es waren lange Nachmittage, die ich damit verbrachte, ganz langsam mit der Kleinen in den Anlagen spazierenzugehen, ich drehte mich um und sah ihr zu, wie sie in ihrem Mantel mit der samtgesäumten Kapuze und den Samtknöpfen und den weißen Strumpfhosen auf mich zukam. Francesca hatte ihr ein Kamel geschenkt, das beim Gehen den Kopf bewegte. Es war sehr schön, mit seinem Sattel aus rotem Tuch und Goldstickerei, und es bewegte den Kopf mit einem so lieben, weisen Ausdruck. Alle Augenblicke verfing es sich in der Schnur und fiel hin, und man mußte es wieder aufstellen, und wir gingen sehr langsam zwischen den Bäumen in der lauen Sonne dahin, die beinahe wie feucht wirkte, und der Kleinen rutschten die Handschuhe von den Fingern, und ich beugte mich hinunter und zog sie ihr wieder an und putzte ihr die Nase mit dem Taschentuch und nahm sie auf den Arm, wenn sie müde wurde.

Ich dachte, daß ich die Nacht zu Hause verbringen und dann am nächsten Morgen aufs Polizeipräsidium gehen wollte. Ich wußte nicht genau, wo das Polizeipräsidium war, und mußte die genaue Adresse noch aus dem Telefonbuch heraussuchen. Ich mußte einfach verlangen, daß sie mich alles erzählen ließen, alles vom ersten Tag an, auch bestimmte Einzelheiten, die banal wirken konnten, aber doch eine große Bedeutung gehabt hatten. Es würde etwas länger dauern, aber sie mußten mich reden lassen. Ich versuchte, mir das Gesicht des Mannes vorzustellen, der mir zuhören würde – ich dachte an ein olivfarbenes Gesicht mit Schnauzbart, das mir hinter einem Tisch zuhören würde. Da schauderte es mich wieder, und ich bekam Lust, Augusto und Francesca anzurufen und zu bitten, daß sie ins Polizeipräsidium gehen, oder einen Brief ans Polizeipräsidium zu schreiben und zu Hause zu warten, bis jemand käme und mich mitnähme. Sie würden mich ins Gefängnis bringen, aber daran konnte ich überhaupt nicht denken. Da war das Polizeipräsidium und der Mann mit seinem langen, glänzenden olivfarbenen Gesicht hinter dem Schreibtisch, wenn er lachte, überlief mich ein Schauder, doch danach war nichts mehr, Tage und Tage und Jahre, die dumpf ins Leere stürzten wie losgelöst von meinem Leben, die keinerlei Verbindung hatten mit den wirklichen Tagen und Jahren meines Lebens, in dem ich das Kind gehabt hatte und es Alberto und Giovanna gab, Augusto und Francesca und Gemma und die Katze und Maona mit meinem Vater und meiner Mutter. Ob ich dann ins Gefängnis kam oder nicht, zählte nicht, denn das, was zählte, war schon geschehen, und es war Alberto, wie ich auf ihn geschossen hatte, gesehen hatte, wie er mit seinem ganzen Körper über den Tisch fiel, wie ich die Augen zugemacht hatte und aus dem Zimmer gerannt war.

Das Kind ist vor drei Jahren, am elften Januar, um drei Uhr nachmittags geboren worden. Zwei Tage lang bin ich im Morgenrock schreiend durchs ganze Haus gelaufen, und Alberto ging mit sehr verschrecktem Gesicht hinter mir her. Dann kamen Doktor Gaudenzi und eine sehr unsympathische junge Hebamme, die »Papachen« zu Alberto sagte. Die Hebamme hat sich in der Küche mit Gemma angelegt, weil sie fand, die Flaschen seien nicht sauber. Man brauchte viele Flaschen für das sterilisierte Wasser, und Gemma war sehr aufgeregt, weil sie mich schreien hörte, und außerdem hatte sie in jenen Tagen ein Gerstenkorn und fand sich überhaupt schlecht zurecht. Mein Vater und meine Mutter sind auch gekommen. Ich lief durchs Haus und sagte zu allen Dinge, die keinen Sinn hatten, ich sagte, sie müßten mir helfen, mit diesem verdammten Kind endlich fertig zu werden. Dann habe ich mich ins Bett gelegt und war schrecklich müde, schlief eine Minute ein, wachte aber gleich mit dem gräßlichen Schmerz wieder auf und schrie, und die Hebamme sagte zu mir, ich würde einen Kropf kriegen, wenn ich so weiterschrie. Ich hatte das Kind vergessen. Ich hatte auch Alberto vergessen, und das einzige, was mich interessierte, war zu schlafen und keinen Schmerz mehr zu spüren. Ich wollte nicht mehr sterben, ich wollte leben und hatte große Angst zu sterben, ich fragte alle, wann ich endlich nicht mehr diesen Schmerz spüren würde. Aber es hat noch lange gedauert, und die Hebamme kam und ging mit ihren Flaschen, und meine Mutter weinte klein und schwarzgekleidet in einer Ecke des Zimmers, und Alberto hielt mir die Hand, aber ich wollte seine Hand nicht und biß ins Laken und strengte mich an, aber nicht um das Kind zu gebären, weil ich es vergessen hatte, sondern um den Schmerz, den ich spürte, aus meinem Bauch herauszupressen.

Und dann war das Kind da, und auf einmal habe ich keinen Schmerz mehr gespürt. Ich habe den Kopf gehoben und auf das Kind geschaut, das rot und nackt zwischen meinen Schenkeln weinte, und Alberto hat sich erleichtert und voller Freude über mich gebeugt, und plötzlich war ich so glücklich wie noch nie in meinem Leben, ohne Schmerz in meinem Körper und mit einem Gefühl von Seligkeit und Frieden.

Meine Mutter brachte mir das Kind und legte es neben mich in das Bett, es war ein Mädchen, in einen weißen Schal gewickelt, aus dem die kalten, roten Fäustchen und der kleine, feuchte und kahle Kopf hervorlugten. Ich sah Gemmas Gesicht, während sie sich über mich beugte, und sie hatte ein strahlendes Lächeln, und auch meine Mutter hatte das gleiche strahlende Lächeln, und das schwache Weinen der Kleinen in ihrem Schal überwältigte mich vor Aufregung und Freude.

Alle sagten, ich müßte mich ausruhen, doch ich hatte jetzt gar keine Lust mehr zu ruhen und redete und redete, sprach darüber, wie das Kind war und was für eine Nase, was für eine Stirn und was für einen Mund es hatte. Dann schloß jemand die Fensterläden, und alle sind weggegangen und haben das Kind mit hinaus genommen, nur Alberto ist bei mir geblieben, und wir haben zusammen über Gemma gelacht, die dieses Gerstenkorn hatte, und über die Hebamme, die »Papachen« zu Alberto sagte. Er hat mich gefragt, ob ich noch immer sterben wollte, und ich habe gesagt, daß ich keineswegs sterben wollte, sondern große Lust auf Orangensaft hätte. Er ist gegangen und hat mir einen Orangensaft zubereitet, hat ihn mir in einem großen Glas auf einem Tablett gebracht und mir den Kopf gehalten, während ich trank, und mich ganz sacht auf die Haare geküßt.

Die Kleine war in der ersten Zeit sehr häßlich, und Alberto nannte sie »den kleinen Kröterich«. Wenn er von draußen nach Hause kam, fragte er sofort: »Was macht der kleine Kröterich?« Und dann eilte er zur Wiege und schaute hinein, stand, die Hände in den Taschen, und betrachtete seine Tochter und kaufte sogar einen Photoapparat, um sie zu photographieren, wenn sie etwas hübscher würde. Meine Mutter und mein Vater reisten nach einigen Tagen wieder ab, und meine Mutter war sehr zufrieden und hat mich bei der Abreise gefragt, ob ich auch zufrieden sei, und ich habe ja gesagt. Aus Maona hat sie, in einem großen Paket mit Wollsachen für die Kleine, auch ein Paar Socken mitgeschickt, die sie für Alberto gestrickt hatte, und mein Vater hat ihm einige Flaschen Wein geschickt, denn sie waren beide froh und glaubten, daß alles gutginge. Meine Mutter schrieb mir einen Brief, in dem sie mich ermahnte, ich müsse aufpassen, daß Alberto sich nicht überanstrenge bei seiner Arbeit, denn er sei ja so mager und esse so wenig, und ich müsse dafür sorgen, daß ihn das Kind nicht nachts wachhalte. Vielleicht glaubte sie, wir schliefen jetzt, seit das Kind auf der Welt war, wieder im gemeinsamen Bett, aber in Wirklichkeit schlief Alberto seit dem Abend, an dem er von der Reise zurückgekehrt war, immer in seinem Arbeitszimmer, und ich hatte neben meinem Bett die Wiege stehen. Aber ich schlief schlecht, weil ich immer wieder aufstand und nachsah, ob die Kleine schlief und ob ihr nicht zu kalt oder zu warm war und ob sie ruhig atmete. Und nach den ersten Monaten begann die Kleine dann ganz unleidlich zu werden und wachte jeden Augenblick auf und schrie, und ich stand auf, um sie hin und her zu wiegen. Immer fürchtete ich, Alberto könnte sie bis ins Arbeitszimmer hinüber hören, also stand ich sofort auf und schaukelte sie und nahm sie auf den Arm und spazierte mit ihr, leise singend, im Zimmer auf und ab. So wurde sie immer unleidlicher und reizbarer, weil es ihr gefiel, sich herumtragen zu lassen, und sie schlief in meinen Armen ein und schien wirklich tief zu schlafen, mit geschlossenen Augen und regelmäßigen Atemzügen, doch sowie ich sie in die Wiege legte, fing sie sofort wieder zu schreien an. Ich war den ganzen Tag hundemüde. Milch hatte ich wenig, und ich bemühte mich zu essen und zu essen und hatte schon stark zugenommen, die Kleine dagegen war immer noch mager, und wenn ich sie im Kinderwagen spazierenfuhr, betrachtete ich die anderen Säuglinge im Kinderwagen und fragte, wie alt sie waren und wieviel sie wogen, und schämte mich, daß mein Kind nicht so dick und rund war wie die anderen. Ängstlich wog ich sie nach jedem Stillen, und jeden Samstag wog ich sie nackt vor dem Baden, ich hatte ein Heftchen, in das ich mit roter Tinte ihr Gesamtgewicht der Woche eintrug und mit grüner Tinte das Gewicht nach dem Stillen, und am Samstagmorgen erhob ich mich immer mit großem Herzklopfen, weil ich hoffte, sie hätte zugenommen, doch sie nahm wenig zu, und an manchem Samstag war ich verzweifelt, weil sie überhaupt nicht zugenommen hatte. Alberto wurde wütend, wenn ich darüber klagte, und sagte, er sei als Kind auch mager gewesen, und er hänselte mich wegen des Heftchens und wegen der Art, wie mir die Hände zitterten, wenn ich die Kleine an- und auszog, und wie ich den Babypuder umwarf und mich mit dem schreienden Kind abmühte. Er hat eine Zeichnung gemacht von mir mit Sicherheitsnadeln im Mund und erschreckter, ängstlicher Miene und im Morgenrock, dessen loser Gürtel auf dem Boden schleifte, die Haare in einem Netz zusammengepreßt, wie ich sie damals trug, weil ich nie Lust hatte, mich anständig zu kämmen. Ich ließ nicht zu, daß Gemma das Kind anfaßte, und es ekelte mich sogar, wenn sie an die Wiege trat und der Kleinen schöntat und mit ihren immer geröteten, nassen Händen die Rassel schüttelte. Und auch wenn Augusto ins Zimmer kam, um die Kleine anzusehen, war ich unzufrieden, weil ich immer fürchtete, er könne Krankheiten von draußen mitbringen, und da er bei seiner Schwester wohnte, die auch ein kleines Kind hatte, fürchtete ich immer, dieses Kind könne Keuchhusten oder Masern haben, und Augusto trüge diese Krankheitserreger mit sich herum, und außerdem schämte ich mich, weil Augusto mir gesagt hatte, das Kind seiner Schwester sei sehr dick und kräftig.

Als die Kleine zwei oder drei Monate alt war, begann Alberto, Photos von ihr zu machen, er photographierte sie im Bad und auf dem Tisch liegend und mit Häubchen und ohne Häubchen, und eine Zeitlang machte ihm das großen Spaß, und er kaufte noch einen weiteren Photoapparat, ein neueres Modell, und ein großes Album mit Blumen auf dem Deckel, in das er sorgfältig alle Photos zeitlich geordnet einklebte und mit roter Tinte das Datum und kleine Bemerkungen daruntersetzte. Doch dann bekam er das Photographieren satt, denn er war ein Mensch, der alles satt bekam. Und eines Tages sagte er, daß er eine kleine Reise mache, um sich zu zerstreuen und einige Freunde von sich zu besuchen, die eine Villa am See hatten, und ich sah, als er den Koffer packte, daß er die Rilke-Gedichte einsteckte. Dann ist er weggefahren und hat die Tür zum Arbeitszimmer abgeschlossen, denn das vergaß er nie, und während ich am Wohnzimmertisch das Photoalbum anschaute, dachte ich daran, wie er nach und nach das Photographieren satt bekommen hatte und das Album zur Hälfte leer geblieben war. Traurigkeit überfiel mich beim Anblick all der leeren, schwarzen Seiten des Albums, das letzte Photo zeigte die Kleine mit der Rassel, und darunter stand mit roter Tinte: »Wir fangen an zu spielen.« Da habe ich gedacht, daß es nur eine einzige Sache gab, die er in seinem Leben nicht satt bekommen hatte, und zwar Giovanna, denn ich war sicher, daß er mit ihr an den See gefahren war und sie zusammen auf der Bank am Seeufer Rilke lasen. Mit mir Rilke zu lesen, hatte er bald satt gehabt, und jetzt las er abends Zeitung oder irgendwelche Bücher und kratzte sich dabei heftig am Kopf oder stocherte mit einem Hölzchen in den Zähnen herum und redete nie mit mir über das, was er las oder dachte. Ich habe mich dann gefragt, ob es meine.Schuld war, aber ich hörte doch zu, wenn er mir Rilke vorlas, und sagte, daß die Verse schön wären, auch wenn ich mich im Grund ein wenig langweilte. Ich dachte, wie es Giovanna wohl machte, ihn so an sich zu binden, vielleicht zeigte sie ihm nie, daß sie ihn liebhatte, und quälte und täuschte ihn vielmehr, und er hatte auf diese Weise niemals Frieden und konnte sie nie auch nur für einen einzigen Augenblick vergessen. Ich bin zur Wiege gegangen und habe hineingeschaut, und die Kleine tat mir leid, weil nur ich allein sie wirklich liebhatte. Doch dann habe ich sie aus der Wiege herausgenommen, um sie zu stillen, und während ich mir das Kleid aufknöpfte und ihr die Brust gab, dachte ich, wenn eine Frau ihr Kind lebendig im Arm hält, dürfte alles andere sowieso nicht mehr zählen für sie.

Die Kleine war sechs Monate alt, als ich begann, sie abzustillen, und ich kochte ihr Brei aus Reismehl, den sie allerdings gar nicht mochte. Sie war immer noch sehr dünn und weinte, und die Verdauung klappte nicht recht. Doktor Gaudenzi war sehr freundlich und kam häufig ihretwegen ins Haus, aber oft wurde er ungeduldig mit mir, weil er fand, ich sei zu leicht zu beeindrucken und mache mir zu viele Sorgen. Ich machte mir wirklich viele Sorgen und erschrak jedesmal, wenn die Kleine Fieber hatte, unheimlich, war völlig kopflos und maß ihr alle Augenblicke die Temperatur und las in einem Buch über alle Krankheiten, die die Kinder kriegen können, und kämmte mich nicht und aß nicht und konnte nachts nicht schlafen. Wenn die Kleine leichtes Fieber hatte, wurde ich wie eine Furie und schrie grundlos mit Gemma herum, als wäre es ihre Schuld. Doch sowie das Fieber nachließ, nahm ich wieder Vernunft an und schämte mich vor Gemma, weil ich sie ausgeschimpft hatte, dann rief ich sie und machte ihr ein Geschenk. Danach bekam ich Lust, das Kind eine Zeitlang nicht zu sehen. Etwas wie Ekel vor allen Dingen, die die Kleine umgaben, der Klapper, der Puderdose und den über die Stühle gebreiteten Windeln, erfaßte mich, und ich wäre gern mit Freundinnen ins Kino gegangen oder hätte Romane gelesen. Aber ich hatte keine Freundinnen, und wenn ich einen Roman aufschlug, verlor ich bald die Lust und las lieber wieder in dem Buch, in dem stand, was kleine Kinder essen sollen und welche Krankheiten sie bekommen.

Eines Abends, während ich den Reismehlbrei zubereitete, schneite unangekündigt Francesca herein. Sie hatte keinen Hut auf und war nicht geschminkt. Über einem schwarzen Kleid trug sie einen Regenmantel, ihr Gesichtsausdruck war finster und drohend, und eine Haarsträhne hing ihr über die Augen. Sie fragte mich, ob sie bei uns übernachten könne, weil sie mit ihrer Mutter gestritten hatte. Ich wies Gemma an, ihr ein Bett auf dem Sofa im Wohnzimmer zu richten. Sie setzte sich und sah mir zu, während ich der Kleinen den Brei fütterte, und die Kleine spuckte wie gewöhnlich alles wieder aus, und Francesca rauchte und sah zu.

»Ich könnte kein Kind ertragen«, sagte sie zu mir. »Wenn ich ein Kind bekäme, würde ich mich sofort umbringen.«

Alberto war in seinem Arbeitszimmer. Ich bin hinübergegangen, um ihm zu sagen, daß Francesca da war und daß sie bei uns schlief, weil sie Ärger gehabt hatte. »Gut«, hat er gesagt. Er las ein deutsches Buch über Karl V. und schrieb mit Bleistift Bemerkungen an den Rand der Seiten.

Ich habe die Kleine zu Bett gebracht. Francesca lag im Wohnzimmer auf dem Sofa und rauchte. Sie sah aus, als wäre dieses Wohnzimmer schon immer ihr Zimmer. Sie hatte die Strumpfbänder ausgezogen und über die Sessellehne gehängt und schnippte die Asche auf den Teppich. Sie hat zu mir gesagt:

»Weißt du, daß er dich betrügt?«

»Ja, ich weiß«, habe ich gesagt.

»Und es ist dir egal?«

»Nein.«

»Verlaß ihn«, hat sie gesagt. »Laß uns eine Reise machen. Er ist eine Kröte von einem Mann. Was willst du mit ihm?«

»Ich hab ihn lieb«, habe ich gesagt, »und wir haben das Kind zusammen.«

»Aber er betrügt dich. Er setzt dir fröhlich Hörner auf mit einer. Ich treffe die beiden manchmal. Sie ist ein Typ mit einem Hintern wie ein Blumenkohl. Wahrhaftig keine Schönheit.«

»Es ist Giovanna«, habe ich gesagt.

»Verlaß ihn«, hat sie gesagt, »was willst du mit ihm?«

»Du hast sie gesehen«, habe ich gesagt, »wie ist sie?«

»Hm«, hat sie gesagt, »sie versteht es nicht, sich anzuziehen. Sie gehen immer ganz langsam, ich treffe sie oft.«

»Wieso wie ein Blumenkohl?« habe ich zu ihr gesagt.

»Wie ein Blumenkohl«, hat sie gesagt, »rund. Sie wakkelt damit, wenn sie geht. Was zum Teufel kümmert dich das?«

Sie hat sich nackt ausgezogen und angefangen, im Wohnzimmer auf und ab zu spazieren. Ich habe die Tür abgeschlossen.

»Hast du Angst, daß diese Kröte mich sieht? Leih mir ein Nachthemd.«

Ich habe ihr ein Nachthemd gebracht, und sie ist hineingeschlüpft.

»Das ist mir ja viel zu weit«, hat sie zu mir gesagt, »du bist fett.«

»Jetzt, nachdem ich die Kleine abgestillt habe, werde ich abnehmen.«

»Ich will keine Kinder«, hat sie gesagt, »ich will nicht heiraten. Weißt du, warum ich mich mit meiner Mutter gestritten habe? Weil sie sich in den Kopf gesetzt hatten, daß ich heiraten soll. Einen Kerl aus einem Transportunternehmen. Sie haben immer die fixe Idee, sie müßten einen Mann für mich finden. Mir reicht's. Ich geh' nicht mehr nach Hause zurück. Ich will keinen Mann, der mir dauernd im Weg ist. Und mir Hörner aufsetzt, wie deiner es mit dir macht. Kommt gar nicht in Frage. Ich gehe gern mit Männern ins Bett. Aber ich will oft wechseln. Nach ein paar Malen habe ich genug von einem Mann.«

Ich sah sie an. Voller Schrecken hörte ich zu.

»Du hast Liebhaber gehabt?« fragte ich sie.

»Ja, natürlich«, hat sie gesagt und zu lachen angefangen. »Findest du das schlimm?«

»Nein«, habe ich gesagt, »aber ich verstehe es nicht recht.«

»Was verstehst du denn nicht?«

»Wie man so oft wechseln kann.«

»Das verstehst du nicht?«

»Nein.«

»Ich habe viele Liebhaber gehabt«, hat sie gesagt,

»zuerst einen in Rom, als ich es mit der Schauspielerei versuchte. Als er mich gebeten hat, ihn zu heiraten, habe ich das Weite gesucht. Nach ein paar Mal konnte ich ihn nicht mehr ertragen. Ich hätte ihn am liebsten aus dem Fenster geschmissen. Aber damals war ich sehr erschrocken über mich selbst. Ich sagte: Was zum Teufel bin ich? Bin ich eine Hure, daß ich so gerne wechsele? Die Wörter machen große Angst, wenn man jünger ist. Und ich glaubte damals auch, daß ich einen Ehemann bräuchte und ein Leben wie alle Frauen. Doch nach und nach habe ich dann verstanden, daß man die Dinge nicht so tragisch nehmen darf. Wir müssen uns so akzeptieren, wie wir sind.«

»Und auch die anderen müssen wir so akzeptieren, wie sie sind«, habe ich gesagt, »auch Alberto muß ich so nehmen, wie er ist. Und außerdem wechsle ich nicht gern.«

Sie hat plötzlich zu lachen angefangen und mich geküßt. »Bin ich schmutzig?« hat sie mich gefragt.

»Nein, du bist nicht schmutzig«, habe ich gesagt, »aber wenn du alt bist, wirst du allein sein.«

»Was schert mich das. Ich werde mich mit vierzig umbringen. Oder du wirst vielleicht bis dahin diese Kröte verlassen haben, und wir werden zusammenwohnen.«

Ich habe sie geküßt und bin in mein Zimmer gegangen. Mein Kopf war wirr, und ich dachte sehr viele Dinge zugleich. Viele Wörter gingen mir gleichzeitig im Kopf herum, Kröte und Blumenkohl und Hure und schmutzig und sich selbst und die anderen akzeptieren und sich umbringen. Ich sah Alberto und Giovanna vor mir, wie sie ganz langsam die Straße entlang gingen, genauso, wie er mit mir gegangen war, als wir noch nicht verheiratet waren. Jetzt gingen wir nie mehr zusammen spazieren. Ich bin schlafen gegangen. Ich hatte wahnsinnige Lust, ins Arbeitszimmer zu gehen und mich zu Alberto ins Bett zu legen. Ich hatte Lust, den Kopf auf seine Schulter zu legen und ihn zu fragen, warum wir nie mehr zusammen spazierengingen. Aber ich wagte es nicht, hinüberzugehen, und schämte mich, weil er vielleicht dächte, ich sei gekommen, um Liebe zu machen, und so habe ich allein darauf gewartet, daß der Schlaf käme.

Francesca wohnte drei Wochen lang bei uns. Ich war sehr froh, und es tat mir gut, mit ihr zu reden. Ich erschrak nicht so sehr, wenn das Kind Durchfall hatte, und sie malträtierte mich ein wenig, wenn ich erschrak, aber auf eine Weise, die mit guttat. Und manchmal überredete sie mich, das Kind bei Gemma zu lassen, und dann gingen wir ins Kino, sie und ich. Es war angenehm, morgens aufzustehen und Francesca in ihrem weiten weißen Satinmorgenmantel im Haus vorzufinden, das Gesicht dick mit Creme eingeschmiert, und bis zum Mittagessen mit ihr zu plaudern. Es war eine große Erleichterung, sie zum Reden zu haben. Dabei bemerkte ich auch, wie wenig Alberto und ich miteinander sprachen – von immer weniger Dingen redeten wir, und immer weniger sagte ich ihm, was ich in mir hatte. Er wohnte immer mehr nur im Arbeitszimmer, wenn er zu Hause war. Dort herrschte ein großes Durcheinander, weil er nicht zuließ, daß wir es aufräumten. Gemma machte sein Bett und kehrte in seiner Gegenwart, danach mußte sie sofort wieder gehen. Auf dem Tisch und in den Regalen durfte sie nichts anrühren. Alles war verstaubt, und es roch schlecht. Auf dem Tisch hatte er ein Bild von seiner Mutter und eine Gipsbüste von Napoleon stehen, die er mit sechzehn selbst gemacht hatte. Napoleon glich sie nicht, war aber recht gut gemacht. Außerdem gab es noch einige Kriegsschiffe, die er als Kind selber gebaut hatte, wirklichkeitsgetreu bis ins letzte Detail. Auf diese Kriegsschiffe war er sehr stolz, vor allem auf ein kleines Segelschiff mit einem Wimpel. Er rief auch Francesca in sein Arbeitszimmer um sie ihr zu zeigen, und wies sie extra auf den Wimpel hin. Und dann durfte sie seine Bücher anschauen, und er hat uns einige Gedichte von Rilke vorgelesen. Er war sehr freundlich zu Francesca und tat alles, um ihr zu gefallen. Wenn er mit einer neuen Person zusammen war, versuchte er immer, sympathisch zu wirken. Außerdem hatte er auch ein wenig Angst vor Francesca, glaube ich. Ich habe gedacht, daß vielleicht auch Giovanna ihm angst machte. Vor mir dagegen hatte er keine Angst, und das war das Übel. Überhaupt keine Angst hatte er vor mir.

Francesca hat mich zu sich nach Hause geschickt, um ihr einige Kleider zu holen. Als die Tante mich sah, hat sie geweint. Sie hat mir viele Fragen gestellt, auf die ich nicht zu antworten wußte. Sie konnte nicht verstehen, warum Francesca den Mann von dem Transportunternehmen nicht wollte. Er war ein hochanständiger Mensch und alles andere als häßlich. Sie konnte nicht verstehen, was zum Teufel Francesca mit ihrem Leben anfangen wollte. Nie hatte sie auch nur das geringste verstanden von Francesca.

»Es ist die neue Generation«, sagte sie, »es ist die neue Generation.« Sie weinte und rieb sich mit dem nassen Taschentuch über das Gesicht. Ich habe versucht, ihr zu erklären, daß Francesca noch jung sei und Zeit genug habe, sich einen Mann zu suchen, der ihr besser gefiele. Doch sie sagte, sie fände es nicht richtig, wie Francesca es mit den Männern mache, wie sie flirtete und immer drei oder vier auf einmal an der Hand hatte. Ich glaube nicht, daß sie sich vorstellen konnte, Francesca habe Liebhaber gehabt. Der Gedanke streifte sie nicht einmal. Sie versuchte ihr Bestes, um zu verstehen, aber sie verstand nichts. Ich dachte, wie sich jeder immer bemüht, zu erraten, was die anderen tun, und wie sich jeder immer quält, an die Wahrheit heranzukommen, und sich dabei bewegt wie ein Blinder in seiner dunklen Welt, der aufs Geratewohl die Wände und die Gegenstände abtastet. Ich habe die Kleider zusammengepackt und bin gegangen.

Francesca saß in der Küche und zupfte sich vor einem kleinen Spiegel die Augenbrauen. Gemma schaute ihr mit offenem Mund zu, und Francesca schnitt ihr eine Grimasse. »Lasse mir ein Bad ein, Jungfer«, sagte sie dann zu ihr. Gemma lief kichernd davon. Francesca packte die Kleider aus und betrachtete sie mit ernstem Gesichtsausdruck von allen Seiten. Ich habe sie gefragt, ob sie nicht mehr nach Hause zurückkehren wollte. »Nein«, hat sie gesagt, »mir reicht's.« Ich preßte gerade eine Orange aus für die Kleine. Es war das erste Mal, daß ich ihr Orangensaft gab, und ich fühlte mich gerührt und froh. Ich war froh, daß sie ein großes Mädchen wurde, daß sie die Speisen der Erwachsenen essen konnte. Ich legte das Löffelchen ins heiße Wasser, um es auszukochen. »Wie viele Umstände«, hat Francesca zu mir gesagt. »Wenn sie dann ein junges Mädchen ist, wird sie dir einen Haufen Ärger machen wie ich meiner Mutter jetzt. Die Familie ist eine blöde Erfindung. Ich denke überhaupt nicht daran zu heiraten!«

Ich war ein wenig eifersüchtig auf Francesca. Alberto war sehr zuvorkommend zu ihr und zeichnete immer ihr Gesicht. Sie behandelte ihn von oben herab, doch als er angefangen hat, ihr Gesicht in seinen Notizblock zu zeichnen, war sie gleich etwas weniger abfällig zu ihm. Abends holte uns Alberto in sein Arbeitszimmer und las uns Rilke vor, und Augusto kam, und ich habe gedacht, daß Augusto und Francesca einander heiraten könnten. Ich habe es Francesca gesagt, aber sie meinte daraufhin, Augusto komme ihr vor wie ein Provinznotar mit seinem großen Schnauzbart und dem Schal und den Handgelenken, die aus den Ärmeln des Jacketts hervorstanden, und daß ihr von den beiden der Typ von dem Transportunternehmen immer noch lieber sei. Doch wenn Augusto kam, lief sie sofort vor den Spiegel und puderte sich und überlegte, ob sie eine Kette anlegen sollte oder nicht.

Sie hat etwas Schmuck verkauft und sich eine kleine Wohnung mit Telefon und Küche und Bad gemietet. Sie sagte, sie würde sich eine Anstellung suchen, aber vorerst tat sie nichts, und dann hat sie versucht, Bilder zu malen, weil sie keine Lust mehr hatte, Theater zu spielen. Es waren seltsame Bilder mit großen Farbklecksen, und sie malte alles mögliche darauf. Häuser und Totenköpfe und Ritter in Rüstungen und den Mond. Auf allen Bildern war der Mond. Sie hatte sich einen weiten grauen Leinenkittel anfertigen lassen und verbrachte den ganzen Tag zu Hause eingeschlossen mit Malen und sagte, daß sie jetzt keine Liebhaber hätte.

Ich war immer sehr beschäftigt mit der Kleinen. Sie lernte gerade laufen, und ich mußte ihr durchs ganze Haus folgen und aufpassen, daß sie sich nicht weh tat. Jedesmal, wenn ich mich von ihr entfernte, weinte sie, und ich mußte sie sogar aufs Klo mitnehmen. Sie war sehr trotzig und launisch und wollte nie essen. Ich mußte sie gewähren lassen und sie füttern, wenn sie es nicht merkte. Sie hielt sich beim Laufen an den Stühlen fest und spielte mit der Katze und mit meinem Nähkorb, und ich folgte ihr mit dem Teller und wartete, bis sie den Mund aufmachte, um rasch den Löffel hineinzuschieben.

Bis sie ein Jahr alt war, hatte die Kleine Augen von bleigrauer Farbe, doch dann sah ich, daß sich allmählich etwas Braun unter das Bleigrau mischte. Sie hatte blonde, sehr feine Haare, die ich ihr mit einer Schleife zusammenband. Sie war immer noch recht mager und blaß und kein sehr schönes Kind. Sie hatte dunkle Ringe unter den immer wie erloschen blickenden Augen. Nie wollte sie essen oder schlafen. Abends weinte sie bis spät, bevor sie einschlief, und ich mußte sie im Zimmer herumtragen und dazu singen. Sie wollte immer das gleiche Lied, ein französisches Lied, das ich von meiner Mutter gelernt hatte.

Le bon roi Dagobert
A mis sa culotte à l'envers
Le bon Saint-Elouois
Lui dit: O mon roi
Votre Majesté
Est mal culottée.

Ich wickelte ein rotes Tuch um die Lampe und ging mit dem Kind auf dem Arm auf und ab und sang. Wenn ich das Zimmer verließ, fühlte ich mich erschöpft wie nach einer langen Schlacht. Doch oft erhob sich eine Minute, nachdem ich hinausgegangen war, das schwache, gereizte Weinen in der Stille des Hauses, und ich mußte umkehren und die Kleine weiterschaukeln und weitersingen. Alberto konnte sie nicht leiden, wenn er sie auf den Arm nahm, fing sie sofort an zu schreien. Sie wollte immer zu mir und nie zu ihm. Er sagte, ich hätte sie viel zu sehr verwöhnt und einen Quälgeist aus ihr gemacht. Er war viel fort und unternahm häufig seine Reisen, und wenn er einmal zu Hause war, schloß er sich mit Augusto im Arbeitszimmer ein, und sie redeten. Doch war es mir jetzt nicht sehr wichtig zu wissen, worüber sie sprachen, ob sie über Giovanna sprachen oder über etwas anderes. Mir war wichtig, daß die Kleine aß und daß ihr Teller, auf den ein aus der Schale schlüpfendes Küken gemalt war, leer wurde. Ich erinnerte mich daran, was Alberto gesagt hatte, daß ein Kind für eine Frau und einen Mann das einzig Wichtige ist. Ich dachte, daß es für eine Frau wirklich das einzig Wichtige ist. Für einen Mann nicht. Albertos Leben war gleichgeblieben nach der Geburt des Kindes, er machte die gleichen Reisen und machte die gleichen Zeichnungen in seinen Notizblock und schrieb Randnotizen in die Bücher und ging mit seinem leichten, raschen Schritt und der Zigarette zwischen den Lippen auf die Straße. Er war nie schlechter Laune wegen der Kleinen, wenn sie nicht gegessen hatte oder blaß war. Er wußte überhaupt nicht, was die Kleine aß und hatte vielleicht nicht einmal gesehen, daß sich ihre Augenfarbe veränderte.

Ich dachte, daß ich von der Eifersucht geheilt sei und es mich nicht mehr interessierte zu wissen, ob er sich mit Giovanna traf oder nicht. Ich hatte jetzt das Kind mit ihm, und das genügte. Die Zeit, als ich in der Pension auf ihn wartete und zitterte, wenn ich an ihn dachte, war so fern, daß ich kaum noch glauben konnte, daß sie ein Teil meines Lebens gewesen war. Manchmal rief er mich in das Arbeitszimmer, und wir machten Liebe miteinander, doch ich lauschte immer angespannt, ob sich das schwache, gereizte Weinen im Dunkeln erhob, und fragte mich gar nicht, ob ich Lust empfand oder nicht. Und er fragte mich nicht, was ich fühlte, und ich dachte jetzt, daß unsere Ehe ungefähr so war wie viele andere, weder besser noch schlechter als viele andere.

Eines Tages ging ich mit der Kleinen spazieren. Francesca hatte ihr das Kamel geschenkt, und wir führten es zum ersten Mal aus. Es war sehr schön und nickte mit dem Kopf, und alle blieben stehen, um es zu betrachten. Sehr langsam kamen wir in der ruhigen, lauen Sonne voran, und ich fühlte mich sehr zufrieden, weil die Kleine den ganzen Milchkaffee getrunken und zwei Löffelbiskuit gegessen hatte. Das Kamel fiel um, und ich bückte mich, um es wieder aufzurichten, und säuberte seinen schönen roten Sattel.

Da habe ich Alberto gesehen, der mit einer Frau den Corso überquerte. Die Frau war groß und trug einen Lammfellmantel, mehr habe ich nicht gesehen. Ich habe die Kleine mit dem Kamel auf den Arm genommen und bin eilig nach Hause zurückgekehrt. Die Kleine wand sich und schrie, weil sie laufen wollte, aber ich habe sie festgehalten und ins Haus getragen. Ich habe Gemma gesagt, sie solle der Kleinen den Mantel ausziehen und sie bei sich in der Küche behalten, weil ich einen Brief schreiben wollte. Dann schloß ich mich im Wohnzimmer ein und setzte mich aufs Sofa. Ich hatte so viel an Giovanna gedacht und ihr schließlich ein großes, regungsloses Gesicht gegeben, das mir nicht mehr weh tat. Jetzt verschwand dieses Gesicht, und vor mir erstand eine hohe Gestalt im Lammfellmantel, so daß ich die Zähne zusammenbeißen mußte, um nicht zu fühlen, wie weh sie mir tat. Sie gingen ganz langsam, genau wie Francesca es mir erzählt hatte. Er hatte um drei Uhr nachmittags das Haus verlassen und zu mir gesagt, er gehe in die Kanzlei, wo er einige seit längerer Zeit stagnierende Fälle zu bearbeiten habe. Als ich ihnen begegnete, war es etwa halb fünf. Er log und wurde des Lügens niemals müde. Kein Muskel zuckte in seinem Gesicht, wenn er log. Er hatte den Hut vom Kleiderständer genommen und sich den Regenmantel übergezogen und war mit seinem raschen Schritt hinausgegangen.

Es wurde schon dunkel, als er nach Hause kam. Ich saß immer noch auf dem Sofa, und die Kleine spielte auf dem Teppich mit der Katze. Gemma deckte gerade den Tisch. Er ist ins Arbeitszimmer gegangen und hat mich gerufen. Ich bin zu ihm gegangen. Als ich ihm ins Gesicht sah, wußte ich, daß er mich auch gesehen hatte. Er war ganz eingefallen. Er sprach fast ohne Stimme. Er hat gesagt:

»Wir beide können nicht mehr zusammenbleiben.«

»Nein«, habe ich geantwortet.

»Es ist nicht deine Schuld«, hat er gesagt. »Du hast alles getan, was eine Frau tun kann. Du warst sehr lieb zu mir und hast mir viel gegeben. Doch vielleicht hattest du recht, als du sagtest, ich wäre zu alt, zu alt, um mich plötzlich an eine Frau und ein Kind zu gewöhnen. Ich hänge einfach an gewissen alten Geschichten. Und ich kann es nicht.«

Er sah mich an und wartete darauf, daß ich etwas erwiderte. Aber ich habe nicht gesprochen. Er hat gesagt:

»Es ist nicht, wie du glaubst. Ich werde nicht mit dieser gewissen Person zusammenziehen. Ich muß allein sein. Ich will jetzt allein leben. Es tut mir leid, dich dauernd so anzulügen. Ich schätze dich und möchte dich nicht anlügen. Ich empfinde immer ein Gefühl der Bedrückung, wenn ich dich angelogen habe. Und fühle mich schuldig. Ich möchte allein sein und etwas Ruhe haben.«

»Du wirst nicht mit Giovanna zusammenziehen?« habe ich gesagt.

»Nein«, hat er geantwortet, »ich schwör's dir.«

»Aber es ist mir ganz egal«, habe ich gesagt, »da wir ja sowieso nicht mehr zusammen leben werden, ist es einerlei. Und warum willst du nicht mit ihr leben?«

»Es geht nicht. Sie hat einen Mann und einen Sohn. Wir haben uns zu spät kennengelernt. Es geschieht immer so. Aber ich hänge sehr an ihr, und es widert mich an, mit einer anderen Frau zu leben.«

»Es widert dich an?«

»Ja.«

»Es widert dich an, mit mir zusammen zu sein? Du ekelst dich vor mir?«

»Nein«, hat er gesagt, »nicht das. Es ist mir zuwider, dich ständig belügen zu müssen.«

»Aber du hast gesagt: Es widert mich an, mit einer anderen Frau zu leben. Hast du das nicht gesagt?«

»Oh, quäl mich nicht. Ich bitte dich, quäl mich nicht so. Ich weiß nicht, was ich gesagt habe. Ich meinte, daß es mir nicht recht erscheint, dich an mich gebunden zu halten. Du bist jung und könntest mit einem anderen Mann glücklich sein.«

»Aber wir haben das Kind. Erinnerst du dich überhaupt, daß wir eine Tochter haben?«

»Ich werde oft herkommen. Ihr werdet hierbleiben, und ich werde außerhalb ein Zimmer haben. Ich werde euch immer besuchen kommen. Wir werden immer Freunde bleiben«, hat er zu mir gesagt.

»Wir werden nicht Freunde bleiben. Wir sind nie Freunde gewesen. Du bist für mich weder ein Freund noch ein Ehemann gewesen. Nichts. Doch ich werde nicht mit einem anderen Mann glücklich sein. Ich könnte nicht mit einem anderen Mann Liebe machen, weil ich immer dein Gesicht vor mir sähe. Ich werde mich nicht mehr befreien können von deinem Gesicht. Es ist nicht so einfach.«

»Ich behaupte nicht, daß es einfach ist. Du mußt viel Mut haben. Du bist sehr gut. Du bist eine sehr gute, aufrichtige, mutige Frau, das hat mir an dir gefallen. Ich selbst dagegen bin weder mutig noch aufrichtig. Ich weiß. Ich kenne mich sehr gut.«

»Und Giovanna?« habe ich gefragt. »Wie ist Giovanna?«

»Oh, quäl mich nicht«, hat er gesagt. »Wenn du wüßtest, wie schwierig es für mich ist, mit dir über sie zu sprechen. Es ist eine Geschichte, die schon so viele Jahre dauert, und ich verstehe nicht recht, was dahinter ist. Es ist eine Geschichte, die schon elf Jahre dauert. Wir hängen sehr aneinander. Wir sind sehr unglücklich gewesen, wir haben gelitten und uns gegenseitig Leiden zugefügt, sie und ich. Sie hat mich auch betrogen und belogen, und wir haben einander grausame und böse Dinge gesagt und uns getrennt, und dann haben wir uns wiedergefunden, und jedesmal war es wieder wie etwas Neues, immer wieder wie neu nach all den Jahren. Sie hat sehr gelitten, als ich dich geheiratet habe. Er gefiel mir zu spüren, daß sie litt, es gefiel mir zu spüren, daß sie sich meinetwegen quälte. Ich hatte mich ihretwegen so oft gequält. Doch ich glaubte, ich würde sie vergessen, ich glaubte, es wäre einfach, aber dann, als wir zwei begonnen haben, zusammen zu leben, litt ich schrecklich, weil du hier bei mir warst und nicht sie. Ich wollte ein Kind mit dir, so wie sie ein Kind mit einem anderen Mann hat. Ich wollte ›mein Sohn‹ sagen, so wie sie ›mein Sohn‹ sagte, und ein Leben für mich haben, das ihr unbekannt bliebe, so wie sie ein Leben hatte, das mir unbekannt blieb. Oft und oft haben wir uns getrennt und wiedergefunden. Jetzt ist es mir wirklich nicht mehr möglich, weiter mit dir zusammen zu sein. Ich werde mir ein Zimmer suchen und allein leben. Ich werde die Kleine oft besuchen. Vielleicht werden wir dann sogar freundschaftlicher miteinander umgehen als jetzt. Vielleicht wird es mich dann nicht mehr so große Anstrengung kosten, mit dir über viele Dinge zu sprechen.«

»Gut«, habe ich gesagt, »wie du willst.« Er hat gesagt: »Du bist sehr tapfer.« Er sah erschöpft aus, und die Stimme drohte ihm zu versagen, weil er so lange von sich gesprochen hatte. Er wollte nichts zu Abend essen, und ich hatte auch keinen Appetit, und wir haben nur etwas Tee im Arbeitszimmer zu uns genommen.

Dann mußte ich die Kleine zu Bett bringen und ihr das Lied vom *roi Dagobert* vorsingen. Sie hat ziemlich lange gebraucht, bis sie eingeschlafen ist. Zum Schluß habe ich sie in die Wiege gelegt und zugedeckt und sie noch eine Weile angesehen. Alberto ist hereingekommen, hat sich der Wiege genähert und die Kleine auch eine Minute lang angesehen, dann ist er wieder gegangen.

Ich habe mich ausgezogen und meinen nackten Körper, der jetzt niemandem mehr gehörte, im Spiegel betrachtet. Ich konnte mit mir tun, was ich wollte. Ich konnte mit Francesca und der Kleinen eine Reise machen. Ich konnte einen Mann treffen und mit ihm ins Bett gehen, wenn ich Lust dazu bekam. Ich konnte Bücher lesen und mir andere Länder anschauen und sehen, wie all die anderen Leute lebten. Es war sogar notwendig, das zu tun. Ich hatte alles falsch gemacht, aber es ließ sich noch Abhilfe schaffen. Wenn ich mich anstrengte, konnte ich eine andere werden. Ich bin zu Bett gegangen und lag noch lange mit offenen Augen im Dunkeln und spürte, wie eine große, kalte Kraft in meinem ausgestreckten Körper wuchs.

Am nächsten Tag habe ich meiner Mutter geschrieben, ob sie die Kleine eine Zeitlang in Maona bei sich behalten wollte. Das wünschte sich meine Mutter schon lange. Mein Vater ist gekommen, und Gemma und die Kleine sind mit ihm zusammen nach Maona abgereist. Die Kleine schrie und wand sich auf Gemmas Arm und rief nach mir. Ich bin vom Fenster weggegangen und habe mir mit beiden Händen die Ohren zugehalten, um das Weinen der Kleinen am Ende der Straße nicht zu hören. Ich hatte das Bedürfnis, mich auszuruhen und eine Zeitlang nicht mehr das Lied vom *roi Dagobert* zu singen. Ich bin zu Francesca gegangen. Augusto war bei ihr. Ich hatte ihn schon öfter bei ihr angetroffen und dachte, daß sie vielleicht seine Geliebte war. Francesca malte mit einem selbstvergessenen Ausdruck im Gesicht, Augusto rauchte Pfeife und saß am Tisch und las.

»Ich habe den Blumenkohl gesehen«, sagte ich.

Francesca blickte mich verwundert an, und plötzlich verstand sie und fing laut an zu lachen.

»Findest du nicht auch, daß sie sich schlecht anzieht?« sagte sie zu mir.

»Ich weiß nicht«, erwiderte ich, »sie hatte einen Lammfellmantel an.«

Augusto runzelte die Stirn, weil er nicht verstand.

Ich habe gesagt: »Alberto und ich werden nicht mehr zusammen leben.«

»Endlich«, hat Francesca gesagt. Sie hat mich ins Nebenzimmer gebracht und mir die Hände auf die Schultern gelegt. Sie hat gesagt: »Sieh zu, daß du auf Draht bist und so viel Geld aus ihm rausholst, wie du kannst. Sieh zu, daß du in allen Dingen auf Draht bist. Diese Kröte von einem Mann.«

Als ich gegangen bin, ist Augusto mitgekommen. Es war ein heller, windiger Nachmittag, und am Himmel zogen große, sehr weiße und schwere Wolken dahin. Er hat mich gefragt, ob ich ein wenig spazierengehen wollte, und ich habe ja gesagt. Wir sind aufs Geratewohl am Fluß entlang gegangen, dann haben wir die Brücke überquert und sind ein grasbewachsenes Sträßchen hinaufgestiegen bis zu einem großen Platz, von dem aus man über die ganze Stadt sieht. Man hörte in der Ferne das Pfeifen der Züge und die Fabriksirenen, und die Straßenbahnen fuhren klingelnd und kleine Funken schlagend zwischen den grünen Blättern der Alleebäume vorbei. Der Wind zauste mir die Haare und zerrte an Augustos Schal und wehte ihm einzelne Haarsträhnen in sein versunkenes und gleichgültiges Gesicht. In der Mitte des Platzes steht eine große Bronzefrau mit einem Ährenbündel in der Hand, und wir haben uns darunter auf den steinernen Sockel gesetzt. Ich habe Augusto gefragt, ob er in Francesca verliebt sei, und er hat nein gesagt. Doch ich habe ihm nicht geglaubt. Ich dachte, wenn er und Francesca nichts mehr miteinander hätten, würde ich vielleicht mit ihm ins Bett gehen, und dies zu denken gab mir ein Gefühl von Ruhe, ich weiß nicht warum. Es gab mir ein Gefühl von Entspanntheit und Ruhe. Ich sah ihn an und spürte, daß ich überhaupt keine Lust hatte, Liebe mit ihm zu machen, ich betrachtete seinen schwarzen Schnauzbart und das harte, einsame Gesicht und die große, von der Kälte gerötete Nase. Aber ich dachte, daß dafür ja noch Zeit sei, und daß ich vielleicht später Lust dazu bekommen würde. Er hat zu mir gesagt:

»Ihr habt also beschlossen, nicht mehr zusammenzuleben, du und Alberto.«

»Nein«, habe ich gesagt, »er hat es beschlossen. Vielleicht wird es so viel besser sein.«

Den Tabaksbeutel zwischen den Oberschenkeln, hat er angefangen seine Pfeife zu stopfen und schüttelte den Kopf, während er starr vor sich auf den Boden blickte.

»Ich möchte dich um etwas bitten«, habe ich gesagt. »Du siehst Giovanna doch manchmal?«

»Manchmal«, hat er gesagt, »wieso?«

»Ich möchte, daß du ihr sagst, sie soll einmal zu mir kommen. Nein, es ist nicht das, was du glaubst. Ich will sie nicht anflehen und weinen und ihr Mitleid erregen. Ich will nur eine Minute mit ihr sprechen. Mir ist, als wäre ich danach beruhigt. Ich habe so viel an sie gedacht, habe mir immer und immer wieder vorzustellen versucht, was wir einander sagen würden, wenn wir uns begegneten. Und es tut weh, so zu phantasieren, allein im Dunkeln zu liegen und es sich vorzustellen. Wenn ich sie wirklich einmal sehen könnte. Danach würde ich die ganze Geschichte begraben.«

Er hat gesagt: »Ich glaube nicht, daß Alberto erfreut wäre, wenn du dich mit ihr triffst.«

»Nein«, habe ich gesagt, »er wäre überhaupt nicht erfreut. Ihm graut davor, mit mir über sie zu sprechen. Ihm graut davor, zu denken, daß es uns beide gibt und daß wir uns treffen können. Er braucht es, allein zwischen mir und ihr hin- und herzugehen, braucht es, gewissermaßen in zwei Leben zu leben. Doch ich habe es satt, immer daran zu denken, was ihm weh tut. Ich habe es satt, ihm nicht weh zu tun. Ich habe es satt, immer allein im Dunkeln zu sein und immer in mich hineinzusehen.«

Er rauchte und blickte in die Ferne. Der Himmel war außergewöhnlich hell, der Wind brachte nun laue Luft, und die Wolken schaukelten leise über den Gipfeln der Hügel. Augustos Schal bewegte sich schwach im Wind, und sein großes, verschlossenes und ernstes Gesicht beruhigte mich.

Wir standen auf, und während wir den Platz verließen und schweigend das Sträßchen hinuntergingen, habe ich mich umgedreht, um die Frau mit dem Ährenbündel zu betrachten, die sich mit ihren Bronzebrüsten in der leuchtenden, hellen Luft erhob. Ich dachte, daß ich mich an sie erinnern würde, daß ich mich an diesen Tag erinnern würde, wenn Augusto und ich vielleicht irgendwann Geliebte würden.

Er hat zu mir gesagt: »Ich war auch in Giovanna verliebt, vor vielen Jahren.« Ich habe nichts erwidert. Mir war, als hätte ich es schon immer gewußt. Er hat gesagt: »Damals war das mit dem Revolver.«

»Revolver?«

»Ja. Damals haben wir uns einen Revolver gekauft. Alberto einen und ich einen. Wir wollten uns umbringen. Wir hatten beschlossen, uns um die gleiche Zeit jeder in seinem Zimmer zu erschießen. Die ganze Nacht hatte ich den Revolver auf dem Tisch liegen und betrachtete ihn, und es kam mir immer weniger leicht vor. Am Morgen bin ich dann zu Alberto gegangen und hatte unterwegs große Angst, aber ich fand ihn, wie er sich gerade anzog, um zu mir zu kommen. Wir haben uns angeschaut und haben beide zu lachen angefangen. Und seitdem haben wir jeder einen geladenen Revolver in der Schublade liegen, und ab und zu gehe ich hin und schaue ihn an, aber ich habe jetzt keine Lust, mich zu erschießen. Das ist vor vielen Jahren gewesen. Es gibt Augenblicke, in denen du dich wahrhaftig vor allem ekelst, aber die Tage und Jahre bringen dich weiter, und allmählich verstehst du etwas. Du verstehst, daß auch in den dümmsten Dingen ein Sinn liegt, und nimmst es nicht mehr so schwer und machst weiter.«

Ich dachte, daß er das meinetwegen sagte und mich auf seine Weise tröstete. Ich war ihm dankbar, aber ich konnte ihm nichts erwidern. Er hat gesagt: »Es ist vor vielen Jahren gewesen. Die ganze Nacht habe ich den Revolver auf dem Tisch angestarrt. Giovanna hatte damals einen anderen, einen Dirigenten, und ich fand es schwer auszuhalten, daß sie so sehr in einen anderen Mann verliebt war. Ich wollte, daß sie ihren Ehemann und diese andere Geschichte aufgibt und zu mir zieht. Und Alberto war auch verliebt, und wir zogen wie Verrückte durch die Stadt, um uns in den Kneipen zu betrinken. Wir waren blöd. Wir haben uns nicht umgebracht und noch eine ganze Weile gemeinsam herumgesponnen, und dann habe ich irgendwann verstanden, daß jetzt er dran war und der Dirigent das Handtuch geworfen hatte. Er traute sich nicht, mir etwas zu sagen, und tat geheimnisvoll, so wie er es jetzt mit dir macht. Aber mir war es inzwischen sowieso egal. Ich habe angefangen zu schreiben und zu forschen und ein Buch über den polnischen Erbfolgekrieg geschrieben und beschlossen, daß es sich nicht lohnt, sich wegen irgend jemandem so aufzuregen. Ich glaubte, es würde auch mit Alberto nicht lange dauern, dabei dauert es immer noch. Ich habe Giovanna dann wiedergesehen, und wir sind Freunde geworden, und auch Alberto und ich sind Freunde geblieben und erinnern uns noch oft an den Tag, an dem wir sterben wollten. Man ist blöd, wenn man jung ist.«

In der Stadt habe ich mich von ihm verabschiedet und bin nach Hause zurückgekehrt. Ich mußte das Abendessen kochen, weil Gemma nicht da war, und habe Kartoffeln aufgestellt und das Fleisch zubereitet. Ich hatte Sehnsucht nach der Kleinen und bekam Lust, das Lied vom *roi Dagobert* zu singen. Ich habe es gesungen, während ich den Tisch deckte. Als Alberto hereinkam, fragte ich ihn, wann er beschlossen habe auszuziehen. Er hat sich an den Tisch gesetzt, die Zeitung hochgehalten und mir nicht geantwortet. Auf einmal hat er mit einer kleinen, pfeifenden Stimme gesagt:

»Hast du es sehr eilig, mich loszuwerden?«

»Nein«, habe ich gesagt, »laß dir ruhig Zeit.«

Doch nach dem Abendessen ist er ins Arbeitszimmer gegangen und hat begonnen, alle seine Dinge in einen Überseekoffer zu packen. Eines nach dem anderen legte er seine Bücher hinein, nachdem er sie sorgfältig abgestaubt hatte, und verstaute auch die Napoleonbüste und alle seine Kriegsschiffe. Ich sah ihm von der Tür aus zu. Irgendwann hatte er dann genug und setzte sich hin, um zu lesen. Ich bin die Küche kehren gegangen und habe mich ins Bett gelegt.

Es war an einem Sonntag. Augusto hat mir am Morgen telefonisch Bescheid gesagt. Am Nachmittag hat er Alberto abgeholt und ihm gesagt, er wolle ihm bei sich zu Hause gewisse Schallplatten mit schwarzer Musik vorspielen. Ich habe mich gekämmt und gepudert und hingesetzt und gewartet.

Plötzlich läutete die Glocke des Gartentors, ich habe auf den Öffner gedrückt und das Klicken gehört. Dann Schritte auf dem Kies der Gartenwege. Meine Hände waren kalt und schweißnaß. Ich biß die Zähne zusammen und schluckte den Speichel hinunter. Und Giovanna ist hereingekommen, und wir haben uns im Wohnzimmer voreinander hingesetzt.

Ich habe sogleich bemerkt, daß sie sehr eingeschüchtert war, und das hat die Dinge erleichtert. Die leichte Röte auf ihren Wangen verschwand nach und nach. Ihr Gesicht blieb bleich, eine mehlige, kalte Blässe. Ich sah sie an und sagte mir: »Das ist Giovanna.« Sie sah mich ebenfalls an. Sie trug ihren ziemlich schäbigen und sehr alten Lammfellmantel. Einen Hut hatte sie nicht auf. Sie hielt die Handschuhe in den Händen und saß mit übereinandergeschlagenen Beinen in dem Sessel am Fenster.

Ich hatte immer gedacht, sie hätte etwas Vulgäres. Ich hatte immer an eine grell angemalte Frau gedacht, deren Gesicht und Körper etwas leicht Vulgäres und Heftiges hätten. Ich hatte mir sie auf verschiedenste Weise vorgestellt, ihr aber immer eine laute, heftige Seite angedichtet. Doch sie hatte überhaupt nichts Vulgäres. Erst nach einigen Minuten erkannte ich, daß sie sehr schön war. Ihr Gesicht war bleich und kalt, und die breiten, ungeschminkten Lippen lächelten still. Die Zähne waren klein und gesund. Der Kopf, lang und schmal, mit schwarzen, graumelierten Haaren, die sie mit Haarnadeln aufgesteckt trug, war leicht zur Seite geneigt. Sie hatte blaue Augen.

Sie hat gesagt: »Wo ist die Kleine?«

»Sie ist nicht da«, habe ich gesagt, »sie ist bei meiner Mutter auf dem Land.«

»Schade«, hat sie gesagt, »ich hätte sie gern einmal gesehen.«

»Ich habe Sie gebeten herzukommen«, habe ich gesagt, »das mag Ihnen seltsam erschienen sein.«

Sie hat gesagt: »Könnten wir uns nicht duzen? Es wäre so viel einfacher.«

»Ich habe dich gebeten herzukommen. Ich habe nichts Besonderes zu sagen. Es war Neugier, sonst nichts. Eine sinnlose Neugier, kann sein.«

Sie hörte mir schweigend zu, mit übereinandergeschlagenen Beinen, die abgetragenen Handschuhe in den schmalen Händen.

»Und ich habe nichts Besonderes zu sagen. Ich habe keinerlei Absicht, mich auf die Knie zu werfen und um Mitleid zu flehen. Ebensowenig will ich dir Beschuldigungen ins Gesicht schleudern. Ich hasse dich nicht, ich glaube nicht. Ich weiß, daß es nicht zu ändern ist. Alberto wird fortgehen. So könnt ihr euch öfter treffen, und er wird nicht gezwungen sein, mich anzulügen. Er sagt, es tue ihm leid, aber ich weiß nicht, ob es stimmt. Alles in allem geht es uns schlecht miteinander. Das ist ja vielleicht nicht deine Schuld. Ich habe mich bemüht, dafür zu sorgen, daß es gut geht, es ist mir aber nicht gelungen. Es war eine Katastrophe.«

Sie hat sich den Lammfellmantel ausgezogen und gesagt: »Es ist warm hier.« Sie trug ein grünes Strickkleid darunter, und auf der linken Brust war mit rotem Garn ein großes »G« aufgestickt. Es war kein schönes Kleid. Ihre

Brüste waren groß und schwer und die Hüften breit und rund, und die Arme und Beine waren dünn.

Sie hat sich umgeschaut und gesagt:

»Im Haus ist alles noch wie immer. Ich kam früher manchmal her, als Albertos Mutter noch lebte.«

»Du hast die Alte besucht?« habe ich sie gefragt.

»Ja«, hat sie gesagt und zu lachen angefangen. »Ich habe Dame mit ihr gespielt. Sie mochte mich. Aber sie war eine Hexe. Sie hätte dir das Leben schwergemacht. Zum Glück ist sie rechtzeitig gestorben. Du hättest den ganzen Tag mit ihr Dame spielen und dabei aufpassen müssen, daß du nicht gewinnst, weil sie sonst böse wurde.«

Ich habe gesagt: »Es war auch so schwierig genug.«

Sie hat mich gefragt, ob ich kein Bild von der Kleinen hätte. Ich habe ihr ein kleines Porträt gezeigt, das ich hatte. Sie hat es einen Augenblick angeschaut und dann hingelegt. Sie hat ihre Handtasche geöffnet und auch ein Bild herausgezogen. »Das ist mein Sohn«, hat sie gesagt. Ich sah einen Jungen im Matrosenanzug, mit dicken Lippen und hellen Augen. »Er will nicht lernen«, hat sie zu mir gesagt. »Man hat es schwer mit einem Jungen. Besser ein Mädchen. Er will kein Latein lernen. Aber die Lehrer verlangen heutzutage auch zu viel.«

Ich habe Tee gemacht. Wir haben zusammen Tee getrunken und Kekse gegessen, und sie hat gesagt, sie fände sie gut. Ich dachte jetzt, daß sie nun wieder gehen könnte. Ich fühlte mich sehr müde, ein starkes Gefühl von Ermüdung der Gesichtsmuskeln. Ich hätte sie gern noch gefragt, wie die Geschichte mit dem Dirigenten ausgegangen war. Ich hätte sie gern noch gefragt, wie sie mit Alberto angefangen hatte, wie es gekommen war, daß sie sich in ihn verliebt hatte. Ich habe gefragt:

»Hast du ihn sehr lieb?«

»Ja«, hat sie gesagt, »sehr.«

Sie hat die Tasse auf den Tisch gestellt und ist aufgestanden. Ich bin auch aufgestanden.

Sie hat gesagt: »Es sind elf Jahre. Ich könnte ihn nicht verlassen.« Auf einmal standen Tränen in ihren Augen. »Ich könnte nicht«, hat sie gesagt, »wirklich. Ich habe so oft daran gedacht. Und ich habe ihn betrogen und ihn angelogen, ihm böse Sachen gesagt, und wir haben uns getrennt, dann haben wir wieder angefangen, uns zu sehen, und jetzt weiß ich, wie lieb ich ihn habe. Ich kann nicht auf ihn verzichten. Es tut mir leid.« Sie hat ihr Taschentuch herausgezogen und sich die Augen getrocknet. Sie hat sich energisch die Nase geputzt und über das ganze Gesicht gewischt. Sie hat verneinend den Kopf geschüttelt.

»Ich war sehr unglücklich«, hat sie gesagt. »Mit meinem Mann ist es nie gutgegangen. Gleich von Anfang an ist es schiefgegangen. Ich hätte ihn verlassen, wenn ich nicht das Kind bekommen hätte. Er ist kein schlechter Mensch, und auf seine Weise hat er mich gern. Aber wir haben uns nichts zu sagen, und er findet mich dumm und seltsam. Eine gewisse Zeit lang habe ich wirklich geglaubt, ich sei seltsam und ein bißchen dumm, weil er es von mir dachte. Ich strengte mich an, in etwa so zu sein, wie es ihm gefiel. Ich ging in Gesellschaft und unterhielt mich mit den Damen und gab kleine Einladungen zum Tee und kleine Empfänge. Und dann hatte ich es satt und habe es sein lassen. Er war am Anfang sehr böse und machte mir entsetzliche Szenen, doch dann hat er es aufgegeben, und wir haben uns gegenseitig in Ruhe gelassen. So ist es gewesen.« Sie hat sich den Mantel und die Handschuhe angezogen und einen Chiffonschal um den Hals gebunden. »Wenn ich Alberto geheiratet hätte«, hat sie zu mir gesagt, »wäre ich vielleicht anders gewesen. Energischer und mutiger und stärker. Und er wäre auch anders gewesen. Glaub nur nicht, daß er mir gefällt, so, wie er ist. Ich kenne ihn gut, und an manchen Tagen ist er mir verhaßt. Aber es wäre ganz anders gewesen, wenn wir zwei geheiratet hätten. Wir haben uns zu spät kennengelernt. Wenn man jung ist, ist man blöd und es ist schwierig zu wissen, was man will. Und das Leben beginnt, wenn wir noch zu jung sind, es zu verstehen.«

Sie hat meine Hände genommen und sie fest gedrückt. Ihr Lächeln war schüchtern und traurig, und vielleicht fragte sie sich, ob wir uns auf die Wangen küssen sollten oder nicht. Ich habe mein Gesicht dem ihren genähert, und wir haben uns geküßt. Einen Augenblick lang habe ich den

Geruch ihres kalten Gesichts gerochen. Während wir die Treppe hinuntergingen, hat sie zu mir gesagt: »Schade, daß ich die Kleine nicht gesehen habe.«

Als sie fort war, merkte ich, daß ich ihr noch mehr Dinge zu sagen hatte. Doch es erleichterte mich, allein zu sein, und ich fühlte, wie sich die angespannten Muskeln meines Gesichts allmählich lösten. Ich legte mich mit einem Kissen unter dem Kopf aufs Sofa. Im Garten wurde es dunkel. Wenn es Abend wurde, hatte ich immer Sehnsucht nach der Kleinen und fragte mich, ob meine Mutter sie auch gut zudeckte, wenn sie sie zu Bett brachte, damit sie sich im Schlaf nicht freistrampelte. Ich ging in die Küche und zündete unter dem Suppentopf das Gas an. Auf mein Rufen kam die Katze, und ich warf ihr eine Käserinde hin.

Ich hatte gedacht, ich würde mich ruhiger fühlen, nachdem ich Giovanna gesehen hätte. Und ich fühlte mich wahrhaftig sehr ruhig. Eine eisige Gelassenheit breitete sich in mir aus. Wo vorher stumme Bilder waren, war jetzt eine Frau, die mit mir Tee trank und mir ein Photo ihres Sohnes zeigte. Ich haßte sie nicht und empfand kein Mitleid mit ihr. Nichts. Es war, als hätte ich innen ein schwarzes Loch. Und ich fühlte mich mehr allein denn je. Ich merkte nun, daß die stummen Bilder von Giovanna, als ich sie mir ausdachte, ohne sie gesehen zu haben, mir Gesellschaft geleistet hatten. Jetzt war ich allein, und dort, wo meine Hand nach den stummen Bildern suchte, fand sie nur ein gähnend leeres schwarzes Loch. Meine Hand zog sich mit einer Empfindung von Kälte zurück. Die echte Giovanna, die sich in den Sessel am Fenster gesetzt und mit mir Tee getrunken und geweint hatte, haßte mich nicht, und ich haßte sie nicht, und es bestand keinerlei echte Beziehung zwischen ihr und mir.

Ich fragte mich, wann Alberto ausziehen würde. Ich hatte jetzt das starke Bedürfnis, daß er bald ginge. Doch es sah nicht so aus, als wollte er sich entscheiden. Jeden Tag legte er ein paar Bücher in den Überseekoffer. Ich sah zu, wie sich die Regale ganz langsam leerten. Ich dachte, vielleicht, wenn er alle Bücher verstaut hätte, vielleicht würde er dann gehen.

Wir sprachen nicht mehr miteinander. Ich bereitete jetzt das Mittag- und das Abendessen und bügelte seine Hemden, da Gemma fort war. Manchmal half er mir beim Tischabräumen und putzte seine Schuhe selbst. Morgens, wenn ich aufstand, machte ich ihm das Bett, und er stellte sich ans Fenster und wartete, bis ich fertig war.

Ich habe ihm nicht gesagt, daß Giovanna gekommen war, und wußte nicht, ob er es wußte. Einige Tage nach Giovannas Besuch bin ich nach Maona gefahren, um die Kleine wieder abzuholen. Ich wollte meiner Mutter sagen, daß wir uns trennten, Alberto und ich, doch als ich sie dann sah, habe ich nichts gesagt. Sie stand in der Küche und schnitt Schinken auf, und ich ereiferte mich, weil die Kleine Schnupfen hatte, und sagte, sie habe gewiß nicht aufgepaßt, daß sie sich nicht im Schlaf aufdeckte. Daraufhin war meine Mutter beleidigt und mein Vater auch. Mit der Kleinen auf dem Arm, und Gemma, die weinte und schluchzte, weil sie sich von ihrer Familie trennen mußte, fuhr ich wieder ab. Während wir im Bus die große Straße zwischen Weinbergen und Hügeln entlang fuhren, hielt ich die Kleine fest auf dem Schoß und versuchte, mir die Zeit vorzustellen, wenn ich mit ihr allein sein würde. Meine Mutter hatte ihr zwei Zöpfchen geflochten und eng um den Kopf gewunden, und ihr nacktes und mageres Gesicht hatte nun einen neuen Ausdruck, scharfsinnig und schwermütig zugleich. Mir war, als wüßte sie, was geschehen war. Sie saß auf meinen Knien und zerbröselte einen Keks und steckte ab und zu ein Stückchen davon in den Mund. Sie konnte noch nicht sprechen, sah aber so aus, als ob sie alles genau verstünde.

Als wir zu Hause ankamen, trafen wir Alberto, der in diesem Augenblick aus dem Gartentor trat. Er nahm die Kleine auf den Arm und küßte sie, aber sie hat zu schreien angefangen. Daraufhin hat er sie sofort wieder abgesetzt. Er hat mit den Schultern gezuckt und ist gegangen.

Ich habe Francesca angerufen, und sie ist zu mir gekommen. Ich habe sie gefragt, ob sie jetzt Lust hätte, die berühmte Reise mit mir und dem Kind zu machen. Ich habe ihr gesagt, ich dächte, daß Alberto in den nächsten

Tagen für immer auszöge, und daß ich ihn nicht sehen wollte, während er für immer ging. Sie war sehr zufrieden und hat gesagt, wir könnten nach San Remo ins Hotel Bellevue fahren. Sie hat angefangen, vom Hotel Bellevue zu erzählen, wo am Samstag heißes Eis serviert wurde. Ich habe sie gefragt, was heißes Eis sei, und sie hat es mir erklärt. Es ist ein Eis, über das kochendheiße Schokoladensauce gegossen wird. Sie hat im Zugfahrplan nachgesehen und eilig alles organisiert.

Als Alberto zurückkam, packte ich Koffer. Diesmal war ich es, die den Koffer packte, und er stand stumm dabei und sah zu. Er wirkte nicht erfreut. Ich habe ihm gesagt, daß Gemma bei ihm bliebe. Ich habe ihn um Geld gebeten, und er hat es mir gegeben. Wir sind frühmorgens losgefahren, als er noch schlief.

In San Remo war es sehr windig. Zu Anfang hatten wir nur ein Zimmer, doch Francesca konnte nachts das Weinen der Kleinen nicht ertragen. Darum hat sie dann ein Zimmer für sich genommen. In den ersten Tagen war sie immerzu mit uns zusammen und sagte, daß sie sich langweile. Sie sagte, San Remo sei ein fader Ort für alleinstehende alte Herren. Dann hat sie sich mit Leuten aus dem Hotel angefreundet und ging Boot fahren und abends zum Tanzen. Sie besaß viele Abendkleider, eines schöner als das andere. Ich blieb bei der Kleinen im Zimmer, bis sie eingeschlafen war, und dann ging ich ein wenig in den Salon hinunter und strickte, hatte aber keine Ruhe, weil die Kleine aufwachen und schreien konnte, ohne daß ich es merkte. Also ging ich bald wieder hinauf und legte mich hin. Wenn Francesca heimkam, klopfte sie ganz leise an meine Tür, und ich ging in ihr Zimmer und hörte mir an, was sie ihr alles gesagt hatten auf dem Ball, und wer da war und wer nicht.

Nach vierzehn Tagen ist Augusto nach San Remo nachgekommen. Er war sehr schlecht gelaunt und eifersüchtig, und Francesca ließ ihn links liegen. Er saß pfeiferauchend in der Hotelhalle und schrieb an seinem neuen Buch über den Ursprung des Christentums. Ich habe ihn gefragt, ob Alberto noch im Haus sei, und er hat geantwortet, er habe sich nicht weggerührt. Er lege nur ab und zu ein paar Bücher in den Überseekoffer. Ich wollte über Giovanna mit ihm sprechen, aber er war kurz angebunden. Ich glaube, er war zu schlechter Laune, um mir ein wenig zuzuhören. Manchmal ging er mit mir und dem Kind auf der Strandpromenade spazieren, sprach aber nicht, sondern hielt immer nach allen Seiten Ausschau, ob irgendwo Francescas karierter Schottenmantel auftauchte. Sie wollte ihn nicht bei sich haben. Sie hatte sich mit einer Contessa angefreundet. Mit der betrank sie sich und spielte jeden Abend im Kasino. Sie war alle ihre Abendkleider leid und hatte sich ein neues zugelegt, das aus einem langen schwarzen Samtrock und zusammengenähten Seidentüchern bestand. Sie hatte ein Porträt der Contessa gemalt, wie sie auf einem Sofa auf einem Tigerfell lag, und erzählte mir ständig, daß die Kinder der Contessa nicht so höllische Quälgeister seien wie meine Kleine.

Die Kleine sprach nun ein wenig, jeden Tag sagte sie etwas Neues, und sie schien mir sehr intelligent zu sein. Wenn sie ihren Keks aufgegessen hatte, öffnete sie beide Hände und sagte: »Aus«, mit einem schlauen und schwermütigen Lächeln. Am Morgen setzte sie sich im Bett auf und sagte: »Aus schlafen! Aus!«, und dann nahm ich sie zusammen mit ihrem Kamel zu mir ins Bett, und wir ließen das Kamel auf der Decke hin und her spazieren. Die Haare auf Lockenwickler gedreht und das Gesicht voller Fettcreme kam Francesca im Morgenrock herein, setzte sich gähnend hin und rauchte und erzählte Geschichten über die Contessa.

Ich habe ihr gesagt, sie solle aufhören, Augusto so zu behandeln. Das sei doch kein Leben für ihn. Ich habe ihr gesagt, es sei herzlos, ihn so zu behandeln. Ab und zu gingen sie zusammen spazieren, und ich glaube, sie machten dann Liebe, und er wirkte sehr ruhig und zufrieden, wenn sie ins Hotel zurückkamen, doch plötzlich pfiff die Contessa mit ihren Freunden unter Francescas Fenstern, und dann schminkte sie sich in aller Eile und nahm ihren karierten Schottenmantel und sauste davon. Ich wußte nicht, ob es unter diesen Freunden einen Mann gab, der ihr gefiel, sie sagte nein. Sie sagte, es seien sehr komische Leute, und Augusto sei immer so ernst und eifersüchtig und langweilig mit seinem Ursprung des Christentums, er gehe ihr auf die Nerven.

Am siebzehnten November ist die Kleine krank geworden. Sie war den ganzen Tag unruhig gewesen und hatte nichts essen wollen. Nichts hatte sie gegessen. Es war ein Samstag, und es gab das berühmte heiße Eis, und ich hatte es auch damit versucht. Sie spuckte alles aus und schrie, und da habe ich auf einmal die Geduld verloren und ihr fest auf die Hände geschlagen. Sie schrie, und ich wußte nicht mehr, was ich tun sollte. Sie wollte das Lied von *roi Dagobert* nicht hören, sie wollte ihr Kamel nicht, sie wollte nichts. Bis zehn Uhr abends hat sie so geschrien, dann ist sie eingeschlafen. Ich habe sie ganz vorsichtig ins Bett gelegt und mich daneben gesetzt. Sie hat etwa eine halbe Stunde geschlafen, aber es war kein ruhiger Schlaf. Ab und zu zuckte sie und warf sich hin und her. Francesca kam, um sich von mir zu verabschieden, weil sie auf einen Ball im Spielkasino ging. Sie hatte sich eine seltsame Frisur gemacht, die Haare hingen ihr alle wirr in die Stirn, und sich den Mund mit einem neuen, beinahe gelben Lippenstift angemalt. Sie trug das Bajadere-Kleid, wie sie es nannte, das mit den zusammengenähten Seidentüchern, und um die Taille eine breite Schärpe aus Silberlamé. Sie war schön, ja. Sie hat einen Blick auf das Kind geworfen und gesagt, es müsse wohl Würmer haben, weil es so im Schlaf zuckte. Sie ging im Zimmer umher, und ich haßte sie, weil sie nicht aufpaßte, keinen Lärm zu machen. Die Contessa pfiff unter den Fenstern, und sie eilte davon. Während sie den Flur hinunterrannte, ist die Kleine schreiend aufgewacht,und ich habe sie auf den Arm genommen. Mir war, als glühte sie, und ich habe das Thermometer geholt. Sie hatte neununddreißig Fieber. Ich trug sie schaukelnd im Zimmer umher und fragte mich, was es sein mochte. Es schien, als atmete sie mit Mühe, und sie verzog den Mund. Mir war, als könne es sich nicht um ein gewöhnliches Fieber handeln. So oft hatte sie Fieber gehabt, aber so verzweifelt hatte sie nie geweint. Ich versuchte, sie zu fragen, wo es ihr weh tat, aber sie schrie und schob meine Hände weg. Ich war voller Schrecken. Ich habe sie einen Augenblick aufs Bett gelegt und Augusto geholt. Er war in seinem Zimmer, das Licht brannte, und er lag angezogen auf dem Bett. Er hatte kleine Augen und sah fix und fertig aus, weil Francesca auf den Ball gegangen war. Ich habe ihm gesagt, der Kleinen gehe es schlecht, und er solle einen Arzt suchen. Er setzte sich auf und fuhr sich mit den Fingern durch die Haare, ohne recht zu verstehen, was ich sagte. Dann hat er verstanden und den Mantel angezogen. Ich bin in mein Zimmer zurückgegangen, habe die Kleine wieder auf den Arm genommen und, in eine Decke gewickelt, hin und her gewiegt. Ihr Gesicht war rot, und die Augen glänzten. Ab und zu schlief sie ein, doch dann zuckte sie zusammen und wachte wieder auf. Ich dachte daran, wie Männer und Frauen ihre Zeit damit verbringen, sich gegenseitig zu quälen, und dachte, wie dumm das ist angesichts eines kleinen Kindes, das Fieber hat. Ich dachte daran, wie auch ich mich wegen Alberto gequält hatte, und wie ich zitternd auf ihn gewartet hatte, und fragte mich, wie ich etwas so Idiotischem Bedeutung hatte beimessen können. Ich war sehr erschreckt, aber unter diesem Schrecken war das Gefühl, daß die Kleine genesen und Francesca mich auslachen würde wegen meines großen Schreckens. Es war schon so oft vorgekommen, daß ich mich wegen einer harmlosen Krankheit der Kleinen zu Tode erschreckt hatte.

Augusto kam mit dem Arzt. Er war ein rothaariger junger Mann mit sommersprossigem Gesicht. Schnell und zitternd habe ich die Kleine auf dem Bett ausgezogen. Sie weinte immer leiser und kläglicher, als ihr schmächtiger nackter Körper zwischen den Händen des Arztes lag. Augusto schwieg und sah zu. Der Arzt sagte, er verstehe nicht recht, um was es sich handele, sehe aber keinen Grund, sich zu sehr zu beunruhigen. Er hat ihr ein Brompräparat verschrieben, und Augusto ist in die Apotheke gegangen, um es zu holen. Der Arzt hat sich verabschiedet und versprochen, früh am Morgen wiederzukommen. Augusto ist bei mir geblieben, und das hat mich sehr beruhigt. Die Kleine war eingeschlafen, und ich betrachtete ihr mageres, rotes Gesichtchen zwischen den schweißnassen Haaren. Ich bat Augusto zu bleiben, weil mich allein ein zu großer Schrecken überfiel.

Um drei Uhr morgens hat die Kleine entsetzlich zu schreien begonnen. Sie war blau im Gesicht und hat plötzlich in einem Schwall das bißchen Eis wieder herausgewürgt, daß ich ihr mit Gewalt eingeflößt hatte. Sie bewegte krampfhaft Arme und Beine und schob meine Hände fort. Das Zimmermädchen ist gekommen und die Dame aus dem Nebenzimmer, und sie haben gesagt, ich solle ihr einen Kamilleneinlauf machen. Während ich den Einlauf vorbereitete, kam Francesca nach Hause. Ich glaube, sie war sehr betrunken. Sie hatte ein aufgedunsenes Gesicht und starre, glänzende Augen. Sie stand in der Tür und schaute zu. Ich haßte sie und habe zu ihr gesagt: »Geh weg.« Sie ist in ihrem Zimmer verschwunden. Nach einer Weile ist sie zurückgekommen, und man sah, daß sie sich das Gesicht gewaschen hatte. Sie hat sich bei dem Zimmermädchen einen starken Kaffee bestellt. Ich haßte sie so sehr, daß ich sie nicht anschauen konnte. Mein Hals war wie zugeschnürt vor Schrecken. Die Kleine schrie jetzt nicht mehr, sie lag ausgestreckt unter der Decke und war sehr blaß. Ihr Atem ging flach und stoßweise. Francesca hat gesagt: »Seid ihr alle verblödet? Seht ihr denn nicht, daß sie sehr krank ist? Es muß sofort ein Arzt her.« Daraufhin hat ihr das Zimmermädchen erklärt, daß der Arzt schon dagewesen sei. Doch Francesca hat gesagt, daß es in San Remo nur einen guten Arzt gebe. Der Arzt der Contessa. Alle anderen seien keinen Pfifferling wert. Sie sprach laut und mit Entschiedenheit, um zu zeigen, daß sie keineswegs betrunken war. Dann ist sie losgegangen, um zu sehen, ob sie den Arzt auftreiben konnte. Augusto hat sie begleitet. Ich blieb allein zurück mit der Dame, die gesagt hatte, ich solle einen Kamilleneinlauf machen. Sie war eine Frau mit einem dicken, faltigen Gesicht, und in den tiefen Furchen klebten Puderreste. Sie trug eine Art Kimono und sprach mit einem starken deutschen Akzent. Ihre Anwesenheit war eine große Erleichterung für mich, ich weiß nicht warum. Ich hatte großes Vertrauen in ihr dickes, faltiges Gesicht. Sie sagte, es handele sich bestimmt um Magenbeschwerden, man würde ja oft bei Magenbeschwerden einen furchtbaren Schrecken kriegen. Auch einer ihrer Söhne hätte als Kind so etwas gehabt. Alles genau wie bei meiner Kleinen. Und jetzt sei er ein großer Junge. Sie hob die Hand, um mir zu zeigen, wie groß er jetzt war. Er habe sein Ingenieurexamen gemacht und sich verlobt.

Draußen tagte es. In einem leichten, graugrünen Nebel stieg die Sonne über dem Meer herauf. Auf dem Vorplatz des Hotels stellte ein Kellner in kurzer weißer Jacke die Korbstühle und Tische zwischen den Palmen auf. Ein anderer in gestreifter Jacke spülte einen Lappen in einem Eimer aus. Die Sonne war nun rot und blendete. Ich haßte das Meer und die Korbstühle und die Palmen. Warum war ich hierher ans Meer gekommen? Was machte ich hier in diesem Zimmer, mit einer Dame im violetten Kimono? Ich haßte Francesca und dachte, daß sie und Augusto vielleicht bei der Contessa geblieben waren, um zu saufen und sich zu betrinken.

Dann kam Francesca mit dem Arzt der Contessa. Dieser Arzt war groß und glatzköpfig, mit einem hageren, elfenbeinfarbenen Gesicht. Seine Unterlippe war nach außen gestülpt und ließ gelbe Zähne sehen, die so lang waren wie Pferdezähne. Er hat gesagt, Brom nütze überhaupt nichts. Und der Einlauf genauso wenig. Es sei alles falsch. Er hat ein neues Rezept ausgeschrieben, und während Augusto wieder in die Apotheke hinuntereilte, hat er mich lange über die Kleine ausgefragt, wie sie in den vergangenen Monaten gewesen sei, und wie die Krankheit angefangen habe. Während ich sprach, hielt er das Kamel in der Hand und ließ es auf dem Teppich hin und her gleiten. Diese Geste von ihm machte mir Hoffnung, ich weiß nicht warum. Ich habe ihn gefragt, ob er glaube, daß es eine schwere Krankheit sei. Er hat gesagt, er glaube es nicht. Doch er sei noch nicht in der Lage zu sagen, um welche Krankheit es sich handle. Er könne Vermutungen anstellen, aber noch nichts Genaues sagen. Er hat die Dame mit dem Kimono weggeschickt, weil er sagte, in einem Zimmer, in dem ein Kranker liege, dürften sich nur wenige Personen aufhalten, um den Sauerstoff nicht wegzunehmen. Die Dame mit dem Kimono ist gegangen. Francesca hat mir Kaffee gebracht. Es war ein heller Sonnentag, und auf dem Platz vor dem Hotel saßen die gewohnten alten Herren mit der Zeitung, den Spazierstock zwischen den Beinen.

Um neun Uhr ist der rothaarige Arzt gekommen, gerade als der andere Arzt die Spritze für die Injektion aufzog. Er war etwas betroffen, aber Francesca ist mit ihm auf den Flur hinausgegangen und hat ihm wer weiß was erzählt. Anschließend haben sich die beiden Ärzte auf dem Flur miteinander unterhalten. Die Kleine war jetzt ruhig und atmete gut. Sie wirkte sehr müde, hatte violette Schatten um die Augen und weiße Lippen. Sie hat sich im Bett aufgesetzt und gesagt: »Aus schlafen.« Es war das erste, was sie sagte, seit es ihr schlechtging. Da überkam mich auf einmal eine große Freude, und ich habe zu weinen begonnen. Francesca legte den Arm um mich.

»Ich glaubte, sie würde sterben«, habe ich gesagt.

Sie sagte nichts und streichelte mir die Schultern.

»Ich glaubte, sie würde sterben, wirklich. Die ganze Nacht habe ich es gedacht.«

Ich wollte sie um Verzeihung bitten, weil ich sie gehaßt hatte, als sie vom Ball zurückkam. Ich habe zu ihr gesagt:

»Du warst sehr schön in deinem Bajadere-Kleid. Ein tolles Kleid. Und auch die neue Frisur steht dir sehr gut.«

Sie hat gesagt: »Glaubst du nicht, daß man Alberto benachrichtigen sollte? Ihm ein Telegramm schicken? Es ist seine Tochter, armer Hund.«

»Ja«, habe ich gesagt, »aber vielleicht geht es der Kleinen besser.«

»Vielleicht schon«, hat sie gesagt, »aber ich würde ihm ein Telegramm schicken.«

Um elf hat die Kleine wieder auf diese entsetzliche Weise zu schreien begonnen. Sie zitterte und zuckte und hatte vierzig Fieber. Am Nachmittag ist sie kurz eingeschlafen, aber nur für ein paar Minuten. Augusto ist telegraphieren gegangen. Ich hatte jetzt wahnsinnige Lust, daß Alberto sofort käme. Ich trug die Kleine, in ihre Decke gewickelt, im Zimmer auf und ab. Francesca ging ab und zu auf den Flur, um zu rauchen. Der Arzt ist zum Mittagessen hinuntergegangen und dann wieder heraufgekommen. Ich betrachtete sein finsteres, verächtliches Gesicht mit der großen Unterlippe, die nach außen umgestülpt war. Dieses Gesicht schien zu sagen, daß es keine Hoffnung gab. Mir war, als dächten alle, daß es keine Hoffnung mehr gebe für mein Kind, und ich hätte ihnen gern erklärt, daß es der Kleinen doch besser ging. Mir schien, als könnte ich sehen, daß es ihr besser ging, und als sie einen Augenblick bei Francesca auf dem Arm war, hatte sie sogar mit ihrer Kette gespielt.

Le bon roi Dagobert
Chassait dans la plaine de l'Enfer!

Auf der Strandpromenade und in den Korbstühlen saßen außerordentlich ruhige Männer und Frauen. Sie rauchten und klopften die Asche ab und rückten sich die Decke auf den Knien zurecht und zeigten einander die Witzzeichnungen in den Illustrierten. Der Bub mit dem Obst kam vorbei, und sie kauften Orangen, die sie sorgfältig einzeln aussuchten, und dann zählten sie auf der offenen Hand das Wechselgeld nach.

Le bon roi Dagobert
A mis sa culotte à l'envers!

Mit Grauen erinnerte ich mich daran, wie ich die Kleine am Abend vorher auf die Hände geschlagen hatte, weil sie nicht aß. Ich erinnerte mich daran, wie sie den Löffel weggeworfen und zu weinen begonnen hatte, ein untröstliches und heftiges Weinen. Jetzt schaute ich ihre großen braunen Augen an, und mir schien, als wüßte sie alles, alles von mir. Ihre Augen waren müde und erloschen. Solch ein Blick erschien mir entsetzlich im Gesicht eines kleinen Mädchens. Es war ein bitterer und abwesender Blick, ohne Vorwurf, aber auch ohne Mitleid. Es waren die Augen eines

Menschen, der von niemandem mehr etwas verlangt. Ich habe aufgehört, sie zu schaukeln, habe sie aufs Bett gelegt und mit dem Schal zugedeckt. Mit einem kleinen krampfhaften Wimmern schob sie meine Hände fort.

Auf einmal begann Francesca zu weinen. Schluchzend lief sie aus dem Zimmer. Ich habe den Arzt angeschaut, und er hat mich angeschaut. Rot und feucht hing seine Lippe herunter und gab seinem Gesicht den Ausdruck eines trinkenden Tieres. Dann kam erneut der Arzt mit den Sommersprossen und brachte noch einen kleinen Arzt mit, der sehr bedeutend zu sein schien. Ich habe gefragt, ob ich die Kleine ausziehen solle, und sie haben nein gesagt. Der kleine Arzt tastete ihr die Stirn und den Nacken ab und schlug ihr zwei oder drei Mal mit dem Elfenbeinstöckchen gegen die Knie. Sie sind gegangen, und ich war wieder mit dem glatzköpfigen Arzt allein. Er hat mir gesagt, daß es vielleicht Hirnhautentzündung sei. Um zehn Uhr abends ist die Kleine gestorben.

Francesca hat mich in ihr Zimmer gebracht. Ich habe mich auf ihr Bett gelegt und etwas Kaffee getrunken. Die Dame mit dem violetten Kimono ist gekommen und die Hotelbesitzerin und der Arzt mit den Sommersprossen. Die Dame mit dem Kimono sagte, ich würde noch mehr Kinder haben. Sie sagte, wenn die Kinder sterben, solange sie klein sind, ist es kein großer Schmerz. Es ist ein großer Schmerz, wenn sie als Erwachsene sterben. Ihr ist ein Sohn gestorben, der Leutnant bei der Marine war. Ein großer Junge. Sie hob die Hand, um zu zeigen, was für ein Junge er war. Doch die Hotelbesitzerin sagte, es sei schlimmer, wenn Kinder sterben. Francesca hat sie alle fortgeschickt und zu mir gesagt, ich solle ein wenig schlafen.

Ich habe die Augen zugemacht, doch da war etwas, das ich nicht fortschieben konnte. Es war das Gesicht der Kleinen, wie sie mich einen Augenblick lang angesehen hatte, als ich sie noch in meinen Armen wiegte. Die Augen waren bitter und gleichgültig. Diese Augen konnten nichts mehr anfangen mit der Geschichte vom *roi Dagobert*. Nacheinander fielen mir alle Kleider und Spielsachen der Kleinen ein: das Kamel, der Stoffball, das quietschende Gummikätzchen, die Gamaschen mit den Knöpfen, die Schürze mit Schneewittchens sieben Zwergen, die Gummistiefelchen. Ich dachte daran, was sie aß und welche Worte sie sagen konnte. Dann bin ich eingeschlafen und träumte, ich ginge auf einer Straße, doch plötzlich schlug ich mit der Stirn gegen eine Wand und wachte schreiend auf.

Ich habe nach Francesca gerufen, aber sie war nicht mehr im Zimmer. Nur Augusto war da. Er stand am Fenster, die Stirn an die Scheibe gelehnt. Er hat mir gesagt, daß Francesca zu der Kleinen hinübergegangen sei. Er hat gefragt, ob ich etwas brauche, und ich habe ihn gebeten, sich zu mir zu setzen. Er hielt fest meine Hand und strich mir übers Haar. Da habe ich zu schreien angefangen. Die ganze Nacht habe ich im Dunkeln geschrien, das Gesicht ins Kopfkissen gedrückt. An die Hand geklammert, sagte ich Dinge ohne Sinn. Solange ich schrie, dachte ich nicht an das Kamel und den Stoffball. Um fünf Uhr morgens ist Alberto eingetroffen. Er hat den Koffer fallen gelassen und war neben mir. Er schluchzte, mit dem Kopf auf meiner Schulter, und jener hagere Kopf mit den grauen Locken, der so schwer auf meiner Schulter lastete, schien mir das einzige zu sein, was ich brauchte.

Ich habe ihm gesagt, daß ich das Kamel und den Stoffball nicht mehr sehen wollte, und daraufhin haben er und Francesca alle Sachen der Kleinen zusammengepackt und verschenkt.

Francesca ist einen Tag früher aus San Remo abgereist und hat die Wiege und den Kinderwagen und alle Kleidungsstücke der Kleinen, die dort geblieben waren, aus dem Haus entfernt. Und Gemma hat sie gesagt, sie solle eine Zeitlang nach Maona zu ihrer Familie zurückgehen. In Tränen aufgelöst ist Gemma abgefahren und hat die Katze mitgenommen. Ich wollte sie nicht sehen, weil ich mich an ihr Gesicht mit dem Gerstenkorn erinnerte, als sie sich über mich beugte an dem Tag, an dem die Kleine geboren wurde.

Und Alberto hat meiner Mutter geschrieben, daß ich weder sie noch meinen Vater zu sehen wünschte und daß ich eine Zeitlang mit ihm allein sein wollte. Ich wollte niemanden außer ihm, und man müsse Geduld haben und zulassen, daß ich allein die Dinge wählte, die ich brauchte. Er hat geschrieben, daß jeder Mensch sich anders verhält, wenn ihm ein Unglück zustößt. Daß jeder sich auf seine Weise schützt. Und daß die anderen, die um ihn sind, still und stumm abwarten müssen, bis alles vorbei ist.

Wir sind in die Stadt zurückgekehrt, und in der ersten Zeit ging ich nicht aus dem Haus, weil ich keine Kinder sehen wollte. Anfangs kam einige Stunden eine Zugehfrau, um mir im Haushalt zu helfen, doch es bereitete mir solche Mühe, mit ihr zu sprechen, daß ich ihr gesagt habe, sie solle nicht mehr kommen, und die Dinge lieber allein gemacht habe. Dennoch hatte ich nicht viel zu tun. Morgens blieb ich bis spät im Bett. Ich betrachtete auf der Decke meine freien, leeren Arme. Langsam erhob ich mich und kleidete mich an und ließ den Tag Stunde um Stunde frei und leer verfließen. Ich bemühte mich, nicht an das Lied vom *roi Dagobert* zu denken. Doch es summte unaufhörlich in meinem Gedächtnis herum. Und immerzu sah ich vor mir das Gesicht des Arztes und seinen Mund, der war wie der eines trinkenden Tieres, oder ich sah die langen Flure des Hotel Bellevue und die Treppe mit dem roten Teppich und den Vorplatz mit den Korbstühlen und den Palmen.

Alberto blieb bei mir zu Haus. Er war sehr gut zu mir, und es wunderte mich zu sehen, wie er versuchte, mir hilfreich zu sein. Wir sprachen nie von der Kleinen, und ich sah, wie er die Schachteln mit Reismehl und Kindernahrung, an die Francesca nicht gedacht hatte, aus dem Küchenschrank nahm. Er hat sie zusammengepackt und weggetragen, ich weiß nicht wohin. Ich war erstaunt, daß er so gut zu mir war. Er las mir Rilke vor und auch die Anmerkungen, die er in den Büchern an den Rand schrieb. Er sagte, früher oder später wolle er diese Anmerkungen einmal sammeln und ein Buch daraus machen, das er *Variationen in Moll* nennen würde. Ich glaube, er war ein wenig neidisch auf Augusto, weil der einige Bücher veröffentlicht hatte. Er sagte, ich müsse ihm bei der Sammlung seiner Anmerkungen helfen, und manchmal diktierte er sie mir bis spät abends in die Maschine. Ich war nicht sehr schnell im Maschineschreiben, aber er regte sich nicht auf. Er sagte, ich sollte ihm meine Einwände mitteilen, wenn ich dächte, er hätte sich nicht klar ausgedrückt.

Eines Tages habe ich ihn dann gefragt, ob er fortgehen würde, und er hat nein gesagt. Er hat gesagt, demnächst würde er den Überseekoffer wieder ausräumen. Doch der Überseekoffer stand immer dort in seinem Arbeitszimmer, halb voll mit seinen Büchern und seinen anderen Sachen. Wenn er ein Buch wollte, kramte er eine Weile, um es herauszuziehen, aber er entschloß sich nie, alle Bücher wieder ordentlich ins Regal zu stellen wie vorher. Wir hielten uns fast immer im Arbeitszimmer auf, und er sagte nie, daß er Lust hätte auszugehen. Zu Anfang sprachen wir nie von der Kleinen, doch dann haben wir begonnen, von ihr zu sprechen, und er hat mir gesagt, vielleicht tue es mir gut, sehr lange mit ihm über das Kind zu sprechen. Und er hat gesagt, wir würden wieder ein Kind haben, und auch wenn es mich jetzt nicht freue, daran zu denken, würde ich dieses neue Kind lieben und ruhig und glücklich sein, sowie ich es neben mir sähe. So machten wir Liebe, und nach und nach begann ich an die Zeit zu denken, wenn ich mein neues Kind haben würde. Ich dachte daran, wie ich es stillen und in meinen Armen wiegen würde, und von allen Dingen, die ich dachte, machte mir nur dieses Freude.

Doch dann habe ich mich allmählich wieder in Alberto verliebt, und als ich es merkte, bekam ich einen Riesenschrecken. Nun zitterte ich bei dem Gedanken, daß er für immer fortgehen könnte. Wenn ich den Überseekoffer ansah, graute mir. Wenn Alberto diktierte und ich auf der Maschine schrieb, fürchtete ich immer, nicht schnell genug zu sein. Wenn er mich anschaute, fürchtete ich immer, mein Gesicht gefiele ihm nicht. Und ich dachte, wie leicht es war für die anderen Frauen, zu leben, ich dachte an Francesca und an Giovanna, und mir war, als hätte die beiden nie auch nur ein Schatten jener großen Angst gestreift, die in mir war. Ich dachte, wie leicht das Leben für Frauen war, die nicht vor einem Mann Angst hatten. Lange betrachtete ich im Spiegel mein Gesicht. Vielleicht war es nie ein schönes Gesicht gewesen, und jetzt schien mir, als sei jede Spur von Frische und Jugend daraus gewichen.

Wir waren immer allein in unserem Haus, und ich verstand jetzt, wie eine Frau und ein Mann zusammenleben. Er ging nie aus, und ich sah in jeder Minute, wie er lebte. Ich sah, wie er morgens aufstand und den Kaffee trank, den ich ihm gekocht hatte, und wie er Anmerkungen in die Bücher schrieb und über den Überseekoffer gebeugt herumhantierte. Wir schliefen gemeinsam im Arbeitszimmer und machten Liebe und lagen lange im Dunkeln wach, und ich vernahm seinen ruhigen Atem im Dunkeln neben mir. Vor dem Einschlafen sagte er mir immer, daß ich ihn wecken könnte, wenn ich keinen Schlaf fände und traurig wäre. Ich wagte nicht, ihn zu wecken, aber der Gedanke, daß ich ihn wecken konnte, war sehr süß für mich. Er war so gut zu mir, und ich verstand jetzt, wie süß die Zärtlichkeit eines Mannes sein kann. Und ich dachte, daß es meine Schuld war, wenn ich nicht einmal jetzt mit ihm zufrieden war. Ich hatte immer diese große Angst wegen meines Gesichts und meines Körpers. Wenn wir Liebe machten, hatte ich Angst, er fände es langweilig, mit mir Liebe zu machen. Und jedesmal, wenn ich ihm etwas sagen wollte, dachte ich schon vorher lange darüber nach, um zu prüfen, ob es langweilig war oder nicht. Wenn er mir die Anmerkungen vorlas, die er in einem Buch zusammenfassen wollte, kamen mir oft Einwände in den Sinn, die ich hätte machen können. Doch als ich ihm eines Tages einen Einwand vorgetragen habe, wirkte er nicht sonderlich erfreut und hat mir lang und breit erklärt, daß ich unrecht hätte. Am liebsten hätte ich mir die Zunge abgebissen vor Wut, daß ich etwas gesagt hatte. Ich erinnerte mich manchmal an die Zeit, als wir noch nicht verheiratet waren und lange im Café saßen und ich immerzu redete. Damals fiel es mir leicht, mit ihm zu sprechen. Ich sagte alles, was mir in den Sinn kam, und bewegte mich jung und unbeschwert vor seinen Augen. Aber jetzt, nachdem ich das Kind gehabt hatte und es gestorben war, hielt ich es nicht aus zu denken, daß er mich verlassen könnte.

Ich dachte oft an die anderen Frauen. Ich dachte an Francesca und an Giovanna und auch an meine Mutter. Es kam mir vor, als wäre für sie immer alles so einfach. Sie hatten, so schien mir – meine Mutter, indem sie Tomaten einmachte und Kleider nähte für die armen Kinder von Maona, Francesca, indem sie ihre Bilder malte, und Giovanna, indem sie sich ihren Lammfellmantel anzog und ihrem Sohn Vorwürfe machte wegen des Lateins – eine Möglichkeit gefunden, richtig und natürlich und nicht traurig zu leben. Giovanna sagte zwar, sie habe ihr ganzes Leben verfehlt, weil sie nicht Alberto geheiratet hatte, und weinte ein wenig, doch aus ihrer Art zu weinen schien mir hervorzugehen, daß sie innerlich längst alles in ihrem Leben akzeptiert hatte. Sie hatte gelernt, sich gewandt zu bewegen in ihrem Leben, in dem es Alberto gab und Reisen mit ihm und auch den Sohn, der nicht lernen wollte, und den Ehemann und die anderen Erinnerungen an einen Dirigenten und vielleicht noch Musik und Bücher und kleine Teegesellschaften mit Freundinnen und Gespräche. Mir aber war jetzt, als sei ich niemals fähig gewesen zu leben, und jetzt war es gewiß zu spät, um es zu lernen, ich dachte, daß ich in meinem Leben nie etwas anderes getan hatte, als unausgesetzt in den dunklen Brunnenschacht zu starren, den ich in mir hatte.

Eines Nachts habe ich Alberto gefragt, ob er wisse, daß Giovanna einmal bei mir gewesen war. Ich hatte lange gezögert, bevor ich ihn fragte, doch dann schien es mir, als könne ich es nicht mehr ertragen, diese Sache vor ihm geheimzuhalten. Er hat gesagt, er wisse es, und ich habe ihn gefragt, wie er es erfahren hatte, und er hat gesagt, er hätte es von Augusto erfahren. Ich habe ihn gefragt, ob es ihm etwas ausmache, und er hat gesagt, nein. Ich habe gesagt: »Du wirst nicht mehr fortgehen«, und er hat geantwortet: »Nein, ich werde nicht fortgehen.« Ich habe gesagt: »Du wirst den Überseekoffer wieder auspacken«, und er hat gesagt: »Ja.« Ich habe gesagt: »Soll ich dir beim Auspacken helfen?« und er hat gesagt: »Nein, das ist nicht nötig. Es hat ja keine Eile. Ich werde es nach und nach alleine machen.« Daraufhin habe ich ihn gefragt:

»Warum gehst du nicht fort? Aus Mitleid?«

Er hat gesagt: »Es tut mir leid, wenn du hier ohne mich allein bleibst.«

Ich habe gesagt: »Ich hätte nicht erwartet, daß du so gut zu mir bist. Ich hätte nicht erwartet, daß du mir helfen willst. Mir schien, als hättest du die Kleine nicht besonders lieb und mich auch nicht. Ich glaubte, du hättest nur Giovanna lieb.«

Da hat er ganz leise zu lachen begonnen und gesagt: »Manchmal kommt es mir so vor, als hätte ich niemanden besonders lieb.«

»Nicht einmal Giovanna?«

»Nein. Nicht einmal sie«, hat er gesagt. »Jetzt ist sie mit ihrem Mann an einen See gefahren, wo die beiden eine Villa besitzen. Ich weiß nicht, wann sie wiederkommt. Wenn ich sie nicht sehe, erinnere ich mich kaum an sie. Ich denke kaum an sie. Es ist eine sonderbare Sache.«

Wir haben eine Weile geschwiegen. Er lag an meiner Seite und atmete ruhig und spielte mit meiner Hand auf der Decke. Er spielte, meine Finger zu schließen und zu öffnen, und plötzlich hat er mich an der Handfläche gekitzelt. Unvermittelt hat er meine Hand weggeschoben und ist von mir abgerückt. Er hat gesagt: »Es ist schwierig, wirklich zu wissen, was wir in uns haben. Im einen Augenblick sind wir hier, im nächsten woanders. Ich habe nie verstanden, wie ich wirklich bin. Ich hatte meine Mutter sehr lieb und habe sehr gelitten, als ich sie tot dort liegen sah. Doch dann habe ich eines Morgens das Haus verlassen und mir eine Zigarette in den Mund gesteckt, und während ich an einer Mauer das Wachsstreichholz anriß, war ich auf einmal außerordentlich glücklich, daß sie endlich tot war und ich nie mehr Dame mit ihr spielen würde und nie mehr ihre gereizte Stimme hören würde, wenn ich zu viel Zucker in den Kaffee tat. Genauso weiß ich nicht, ob ich Giovanna liebe. Jetzt sehe ich sie seit mehreren Monaten nicht und denke wenig an sie. Ich bin ziemlich faul und leide nicht gern.«

»Und wenn sie zurückkommt«, habe ich gesagt, »wirst du dann wieder ausziehen wollen?«

»Ich weiß nicht«, hat er gesagt, »schon möglich.« Er hat sich umgedreht und ist eingeschlafen.

Ich lag wach und dachte daran, daß er mir gesagt hatte, ich solle ihn wecken, wenn ich mich zu traurig fühlte. Doch ich brachte nicht den Mut auf und dachte, daß es keinen Sinn hatte, diesen Mann um Hilfe zu bitten. Es war dumm, überhaupt irgend etwas von diesem Mann zu verlangen. Jetzt wußte ich, daß auch Giovanna nichts von ihm verlangen konnte. Ich betrachtete sein schlafendes Gesicht, den regungslosen Mund ohne Antwort. Würde er bei mir bleiben oder fortgehen? Wollte er wirklich noch ein Kind mit mir? Mit weitgeöffneten Augen lag ich wach und sagte: »Ich werde niemals wissen, was er wirklich will. Ich werde niemals wissen, was er wirklich will.«

Dann begann ich, an den Revolver zu denken. Ich dachte daran, wie ich zuvor manchmal daran dachte, ein neues Kind zu stillen. Ich dachte daran und fühlte mich ruhig, ich dachte daran, während ich die Betten machte und während ich Kartoffeln schälte und während ich Albertos Hemden bügelte. Ich dachte daran, während ich die Treppen hinauf- und hinunterging, geradeso wie ich daran gedacht hatte, ein neues Kind zu stillen und in meinen Armen zu wiegen. Doch wenn ich noch ein Kind bekäme, würde ich dauernd Angst haben, daß es krank werden und sterben könnte, und ich war es so leid, immer Angst zu haben, und mir schien, als sei es sinnlos, diesem Mann ein Kind zu schenken.

Francesca besuchte mich ab und zu und erzählte mir, daß sie jetzt einen neuen Liebhaber hätte, es sei einer, den sie in San Remo bei der Contessa kennengelernt hatte, und sie würde jetzt keine Bilder mehr malen, sondern immer mit ihm unterwegs sein. Sie sagte, sie hätte sich ein bißchen verknallt, aber nichts Ernstes, und der Typ sei ein Spieler und Halunke, ich sollte mich nicht wundern, sagte sie, wenn ich eines Tages die Zeitung aufschlüge und läse, daß man sie im Schlaf erdrosselt hatte. Es sei einer, der nichts Gutes verheiße, und jedesmal, wenn er gegangen sei, liefe sie nachsehen, ob er die Schublade aufgebrochen habe, in der sie das Geld verwahrte. Doch sei er ein schöner Mann und es gefalle ihr, ihn überall hin mitzunehmen, weil alle Frauen ihn ansähen, und er sei eine gewisse Zeitlang der Gigolo der Contessa gewesen. Francesca sagte jetzt, die Contessa sei eine alte Vettel und unglaublich geizig, weil sie das Porträt nicht kaufen wollte, daß Francesca von ihr gemalt hatte. Als die Contessa aus San Remo zurückkehrte, hätten sie sich getroffen und tödlich gestritten wegen des Gigolo. Von Augusto wollte Francesca nichts hören, und auch Augusto wollte, wenn er zu uns kam, nicht, daß wir mit ihm über Francesca sprächen. Doch er kam selten, weil er sein Buch über den Ursprung des Christentums zu Ende bringen wollte. Alberto las ihm seine Anmerkungen vor und sprach von dem Buch, das er zusammenstellen wollte, aber Augusto war zerstreut. Er saß lieber bei mir und sah zu, wenn ich Hemden bügelte, und ich dachte an den Tag, an dem wir zusammen spazierengegangen waren und es windig war und ich glaubte, wir würden später einmal Liebe machen. Ich betrachtete sein Gesicht, und mir schien, als gliche er mir ein wenig und halte die Augen auch immer starr auf den großen dunklen Brunnenschacht gerichtet, den er in sich hatte. Und deshalb dachte ich, wir wären vielleicht glücklich gewesen, wenn wir Liebe miteinander gemacht hätten, und er hätte mich verstanden und mir geholfen. Doch ich sagte mir, daß es nun zu spät war. Mir schien, als sei es zu spät, etwas Neues anzufangen, eine neue Liebe, ein neues Kind, ich dachte, es kostete zu viel Mühe und ich wäre zu müde. Und während ich Augusto betrachtete, fiel mir jene Nacht in San Remo wieder ein, als die Kleine erkrankte, und die darauffolgende Nacht, als sie starb, und ich an seine Hand geklammert dalag. Ich sagte mir, daß es im Leben eines Menschen vielleicht nicht nur Liebe oder Kinder gibt, sondern daß man hunderterlei Dinge tun kann, sogar ein Buch über den Ursprung des Christentums verfassen. Ich dachte, wie arm mein Leben doch war, aber ich dachte, daß es unterdessen zu spät war, um zu versuchen, etwas zu ändern, und am Grund aller meiner Gedanken fand ich immer den Revolver.

Alberto fing wieder an auszugehen und sagte, er gehe in die Kanzlei, doch ich dachte, daß vielleicht Giovanna zurückgekommen war. Es sagte, sie sei nicht zurück, aber ich glaubte ihm nicht. Und eines Tages ist Giovanna zu mir gekommen. Es war morgens, und Alberto war kurz vorher ausgegangen, und ich saß im Wohnzimmer und tippte seine letzten Anmerkungen.

Diesmal war sie grau gekleidet und trug einen runden, harten schwarzen Strohhut und eine Art kurzen runden Umhang. Kleid und Hut waren neu, aber die schon etwas abgetragenen Handschuhe waren die vom letztenmal. Sie setzte sich und begann sofort, von der Kleinen zu sprechen. Sie sagte, sie hätte mir einen Brief geschrieben, doch dann hätte sie ihn zerrissen, weil es ihr plötzlich dumm erschienen sei, mir zu schreiben. Dennoch hätte sie immer an mich gedacht, als sie von der Kleinen erfahren hätte, und auch jetzt hätte sie lange gezögert und sich nicht entscheiden können, ob sie kommen solle, doch dann hätte sie plötzlich ihren Hut aufgesetzt und sei losgegangen. Ich blickte auf den Hut, und für mich sah es nicht aus, als sei er so plötzlich aufgesetzt worden. Hart und fest saß er auf ihrer Stirn, und mir schien, als müsse er ihr lästig sein. Ihre Worte waren ruhig und einfach, die Stimme gedämpft und wie besorgt, mir nicht weh zu tun. Aber ich hatte überhaupt keine Lust, mit ihr über die Kleine zu sprechen. Sie hat gesagt:

»Es ist sehr seltsam. Zwei oder drei Nächte, bevor sie starb, habe ich von der Kleinen geträumt. Wir saßen alle hier im Wohnzimmer, und Albertos Mutter war auch da, in eine Decke gewickelt lag sie ausgestreckt auf dem Sofa. Sie sagte, sie bräuchte die Decke, weil ihr so kalt sei, und ich habe auch noch meinen Lammfellmantel über sie geworfen, und sie hat sich bei mir bedankt. Die Kleine saß auf einem Schemel, und Albertos Mutter hatte Angst, sie könnte sich erkälten, und sagte zu mir, ich sollte das Fenster schließen. Ich hatte für die Kleine eine Puppe gekauft und wollte sie auspacken, bekam aber die Schnur nicht auf.«

Ich habe gesagt: »Die Kleine hat nie mit Puppen gespielt. Sie spielte mit einem Kamel und einem Stoffball.«

Sie hat gesagt: »Dieser Traum ist mir seltsam erschienen, und ich bin mit einem Gefühl der Beklemmung aufgewacht, das ich mir nicht erklären konnte. Wenige Tage später habe ich Albertos Brief erhalten, in dem er mir von der Kleinen schrieb.«

Ich sah sie an und versuchte herauszufinden, ob sie das wirklich geträumt hatte. Mir war, als hätte sie alles erfunden. Sie hat gesagt:

»Der Brief bestand aus wenigen Worten. Wir hatten an jenem Tag Gäste, und ich mußte mit ihnen spazierengehen und mich mit ihnen unterhalten. Ich fühlte mich so verstört. Es ist sonderbar, aber ich dachte nicht viel an Alberto. Ich dachte an dich.«

Sie saß im Sessel, die mageren Beine übereinandergeschlagen und die Hände unter dem Umhang zusammengelegt. Der Hut saß steif und unbeweglich auf ihrem Kopf. »Er muß dich stören«, habe ich gesagt und auf den Hut gezeigt. »Ja«, hat sie gesagt und ihn heruntergerissen. Sie hatte ein rotes Mal auf der Stirn. Ich sah sie an. Ihr Gesicht war freundlich und ruhig, ihr Körper ruhig und frisch in dem Frühlingskleid. Ich dachte daran, wie sie in einer Modezeitschrift geblättert und das Modell ausgesucht und es dann der Schneiderin in Auftrag gegeben hatte. Ich dachte an ihr Leben, das aus ruhigen Tagen bestand, an ihren Körper ohne Verunsicherung und ohne Angst.

Sie hat gesagt: »Empfindest du Haß für mich?«

»Nein«, habe ich gesagt, »vielleicht nicht wirklich Haß. Ich habe nur keine Lust, mit dir zu reden. Mir ist, als habe es keinerlei Sinn, daß wir uns zusammen in einem Zimmer aufhalten. Es kommt mir dumm und auch lächerlich vor. Weil wir uns keine wichtigen und auch keine wahren Dinge sagen werden. Und weißt du, ich glaube nicht, daß du diesen Traum tatsächlich geträumt hast. Ich glaube, du hast ihn dir unterwegs ausgedacht, während du hierherkamst.«

»Nein«, hat sie gesagt und ein bißchen gelacht. »Du kennst mich nicht. Ich besitze keinen Funken Phantasie. Ich bin nicht fähig, irgend etwas zu erfinden. Hat dir Alberto nicht gesagt, daß ich keine Phantasie habe?«

»Nein. Wir sprechen nicht viel über dich. Einmal, als wir über dich gesprochen haben, hat er mir gesagt, daß er dich vergißt, wenn er dich nicht sieht. Das hätte mich freuen müssen, aber es hat alles noch schlimmer gemacht. Es bedeutet, daß er nicht einmal dich liebhat, es bedeutet, daß ihm nichts heilig ist. Eine Zeitlang war ich eifersüchtig auf dich und haßte dich, doch jetzt ist auch dies vorbei. Wenn du glaubst, daß er ohne dich unglücklich ist, irrst du dich. Er fühlt sich nicht gern unglücklich. Er zündet sich eine Zigarette an und geht davon.«

»Ich weiß«, hat sie gesagt, »du kannst mir nichts über ihn sagen, was ich nicht weiß. Du vergißt, daß ich ihn schon viele Jahre kenne. Ein großer Teil unseres Lebens ist vergangen, und jetzt sind wir nicht mehr jung. Wir sind zusammen alt geworden, ich in meinem Haus und er in seinem, aber zusammen. Wir haben uns oft getrennt. Aber wir haben uns immer wiedergefunden. Es war nicht er, der wieder anfing, sondern ich. Das stimmt. Aber er war immer so froh. Es geht uns gut miteinander. Du kannst das nicht verstehen, weil es dir immer schlecht mit ihm gegangen ist.«

»Geh weg«, habe ich zu ihr gesagt, »ich glaube, ich werde dich hassen, wenn du noch länger hierbleibst.«

»Haß mich«, hat sie gesagt, »es ist richtig. Vielleicht hasse ich dich auch. Aber ich habe Mitleid mit dir, weil dein Kind gestorben ist. Ich habe selbst einen Sohn, und Leute, die ihre Kinder verlieren, tun mir leid. Als ich Albertos Brief las, habe ich den ganzen Tag an nichts anderes gedacht. Ich war wie vor den Kopf geschlagen.«

»Ich will nicht, daß Alberto dir schreibt«, habe ich gesagt, »ich will nicht, daß ihr euch trefft und kleine Spaziergänge zusammen macht und kleine Reisen, auf denen ihr vielleicht von der Kleinen oder von mir sprecht. Ich will es nicht. Er ist mein Mann. Ich hätte ihn vielleicht nicht heiraten dürfen, aber jetzt ist er mein Mann, und wir haben ein Kind zusammen gehabt, das gestorben ist. Und das kann man nicht auslöschen, nur weil es euch beiden gefällt, miteinander Liebe zu machen.«

Sie hat gesagt: »Vielleicht kann man auch das, was zwischen ihm und mir gewesen ist, nicht auslöschen.« Sie sagte es mit leiser Stimme, wie zu sich selbst. Sie hat sich ihren Hut wieder aufgesetzt und dabei das Gesicht verzogen. Ganz langsam, alle Finger einzeln betrachtend, hat sie die Handschuhe übergestreift.

»Ich weiß nicht, was zwischen euch gewesen ist«, habe ich gesagt. »Wahrscheinlich war es wichtig, aber nicht so wichtig wie die Geburt und der Tod eines Kindes. Kleine Reisen, oder? Und kleine Spaziergänge? Aber jetzt geh. Ich habe es satt, dich vor mir zu haben. Ich habe deinen Hut satt und dein Kleid. Ich sage dir sinnlose Sachen. Wenn du noch länger bleibst, werde ich vielleicht Lust bekommen, dich umzubringen.«

»Nein«, hat sie gesagt und zu lachen angefangen. Es war ein junges, helles Lachen. »Das wirst du nicht tun. Du siehst viel zu brav aus. Und du machst mir keine Angst.«

»Um so besser«, habe ich gesagt, »aber geh.«

»Ja«, hat sie gesagt, »ich gehe. Aber ich werde mich an diesen Tag erinnern. In gewisser Hinsicht war er sehr wichtig. Ich weiß nicht genau, warum. Ich habe den Eindruck, daß er sehr wichtig war und daß wir uns wahre und wichtige Dinge gesagt haben. Ich werde dich manchmal besuchen kommen, wenn du nichts dagegen hast.«

Ich habe gesagt: »Danke, lieber nicht.«

»Es lebe die Ehrlichkeit«, hat sie gesagt, »danke. Haß mich nur nicht zu sehr.« Damit ist sie gegangen.

Ich habe wieder zu tippen angefangen, aber ich machte dauernd Fehler und war zerstreut. Ich habe mich vor den Spiegel gestellt, um zu sehen, ob ich wirklich so brav aussehe. Ich habe das Mittagessen zubereitet, Alberto kam nach Hause, und ich habe ihn gefragt, ob ich sehr brav aussehe. Er hat mich einen Augenblick angeschaut und nein gesagt. Doch dann hat er gesagt, er wüßte nicht, was brav aussehen bedeute. Er war zerstreut und nervös und ist gleich nach dem Mittagessen wieder ausgegangen.

Ich hatte Lust, Francesca anzurufen oder sie zu besuchen, aber ich dachte, daß sie ja jetzt den Gigolo hatte. Alberto ging nun wieder jeden Tag aus, manchmal auch nach dem Abendessen. Da ich im Arbeitszimmer schlief, schloß er die Tür nicht ab. So öffnete ich, wenn ich abends allein zu Haus war, oft die Schreibtischschublade und betrachtete den Revolver. Ich betrachtete ihn eine Minute lang und fühlte mich ruhig. Ganz behutsam schloß ich die Schublade wieder und legte mich ins Bett. Still und wach lag ich im Dunkeln und bemühte mich, nicht an die Zeit zu denken, in der das schwache und wütende Weinen der Kleinen die nächtliche Stille durchbrach. Ich führte meine Gedanken weit fort, nach Maona, als ich klein war, eine bestimmte schwarze Salbe, die meine Mutter mir auf die Hände strich, damit die Frostbeulen heilten, eine alte Lehrerin mit Brille, mit der wir in der Grundschule Ausflüge machten, ein Mönch, der sonntags zu meiner Mutter kam, um Almosen zu sammeln, und der einen kleinen grauen Sack voll altem Brot bei sich trug, und dann, wie ich *Sklavin oder Königin* las, und wie ich mich in der Kohlenkammer verkroch, um zu weinen, als mir meine Mutter einmal für ein Schulfest ein blaues Kleid genäht hatte und ich glaubte, es sei sehr schön, dann aber auf einmal begriff, daß es überhaupt nicht schön war. Ich merkte, daß ich all diesen Dingen Lebewohl sagte, als sei ich kurz davor, sie für immer zu verlassen, und wenn ich die Augen schloß, roch ich den Geruch der schwarzen Salbe auf meinen Händen und den Duft der gebackenen Birnen, die meine Mutter im Winter zubereitete. Wenn Alberto nach Hause kam, machten wir Liebe. Doch jetzt sagte er nicht mehr, daß wir noch mehr Kinder haben würden. Und er war es auch leid, mir seine Anmerkungen zu diktieren, und sah ununterbrochen auf die Uhr in der kurzen Zeit, die er zu Hause war. Manchmal dachte ich, daß er vielleicht bald sehr alt sein würde und zu müde, um dauernd auszugehen, und daß er sich dann in einen Sessel setzen würde, um mir seine Anmerkungen zu diktieren, und mich bitten würde, den Überseekoffer auszuräumen und die Bücher wieder ordentlich ins Regal zu stellen und die Kriegsschiffe erneut im Arbeitszimmer zu verteilen. Er aber blieb immer derselbe, wurde immer älter, aber auch immer jünger, mit seinem raschen, leichten Schritt, wenn er in die Stadt ging, eine brennende Zigarette zwischen den Lippen, das gierige, hagere Gesicht vorgereckt, als wolle er die lebendige Luft auf der Straße trinken, während der offene Regenmantel seinen schmächtigen Körper umflatterte. Ich habe ihm in die Augen geschossen.

Er hatte mir gesagt, ich solle ihm eine Thermoskanne mit Tee für die Reise vorbereiten. Er sagte, ich könne sehr gut Tee machen. Er sagte, ich könne zwar nicht gut bügeln und auch nicht besonders gut kochen, aber Tee zubereiten könne ich wie sonst niemand. Beim Kofferpacken hatte er sich ein wenig geärgert, weil er fand, daß die Hemden nicht gut gebügelt waren. Vor allem zwischen Kragenansatz und Schulter. Er hat den Koffer allein gepackt und nicht gewollt, daß ich ihm helfe. Er hat auch einige Bücher aus dem Überseekoffer genommen. Als ich ihm die Rilke-Gedichte hingehalten habe, hat er abgelehnt. Er hat gesagt: »Die kann ich fast auswendig.« Ich habe auch einige Bücher in meinen Koffer gelegt. Als er sah, daß ich packte, war er froh. Er sagte, es würde mir guttun, mich in Maona bei meiner Mutter auszuruhen, die mir den Kaffee ans Bett brächte. Ich habe ihn gefragt, wie er es mit dem Überseekoffer machen würde. »Mit dem Überseekoffer?« hat er gesagt und zu lachen angefangen. »Nein«, hat er gesagt, »ich gehe nicht für immer fort. Glaubst du, ich gehe für immer? Machst du deshalb so ein Gesicht?« Ich bin gegangen und habe mich im Spiegel angeschaut und dann zu ihm gesagt: »Kein besonderes Gesicht. Brav sehe ich aus.« »Ja«, hat er gesagt, »brav.« Er hat mir übers Haar gestreichelt. Dann hat er gesagt, ich solle ihm den Tee machen. Er mochte ihn gern mit viel Zucker und ziemlich stark.

Ich habe zu ihm gesagt: »Sag mir die Wahrheit«, und er hat gesagt: »Welche Wahrheit?« und ich habe gesagt: »Ihr fahrt zusammen weg«, und er hat gesagt: »Wer denn, zusammen«, und hat hinzugesetzt: »*Verità* va cercando, ch'è sí cara – come sa chi per lei vita rifiuta.«

Als ich ins Arbeitszimmer zurückkam, hatte er diese Zeichnung gemacht. Er zeigte sie mir und lachte. Ein langer, langer Zug mit einer großen Rauchsäule. Er hat den Bleistift mit Spucke befeuchtet, um den Rauch dichter zu machen. Ich hielt die Thermoskanne in der Hand und habe sie auf dem Schreibtisch abgestellt. Er lachte und hat sich umgedreht, um zu sehen, ob ich auch lachte.

Ich habe ihm in die Augen geschossen.

Meine Füße waren kalt und naß, und die offene Stelle an der Ferse tat mir bei jedem Schritt sehr weh. Die Straßen glänzten menschenleer im stillen Regen. Ich hatte Lust, zu Francesca zu gehen, aber ich dachte, daß der Gigolo da sei. Ich bin wieder nach Hause gegangen. Es herrschte große Stille, und ich bemühte mich, ihr nicht zuzuhören. Als ich in der Küche war, ist mir klargeworden, was ich tun würde. Es war leicht, und ich hatte keine Angst davor. Mir ist klargeworden, daß ich nie mit dem Mann mit dem olivfarbenen Gesicht hinter einem Schreibtisch reden würde, und das hat mich unglaublich erleichtert. Mir ist klargeworden, daß ich mit niemandem mehr sprechen würde. Weder mit Francesca, noch mit Giovanna, noch mit Augusto, noch mit meiner Mutter. Mit niemandem. Ich saß an dem Marmortisch in der Küche, und es gelang mir nicht, mein Ohr vor der Stille zu verschließen. Aus dem Spülstein stieg ein kalter übelriechender Hauch empor, und der Wecker tickte auf dem Schrank. Ich habe Feder und Tinte genommen und angefangen, ins Haushaltsbuch zu schreiben. Auf einmal habe ich mich gefragt, für wen ich denn schrieb. Nicht für Giovanna und nicht für Francesca und auch nicht für meine Mutter. Für wen? Es war zu schwierig, das zu entscheiden, und ich fühlte, daß die Zeit der klaren und gewohnten Antworten für immer in mir zum Stillstand gekommen war.

Natalia Ginzburg

Die Stadt und das Haus

Roman

Aus dem Italienischen von Maja Pflug

Band 9192

Ein Roman in Briefen – wie ›Caro Michele‹, der in den siebziger Jahren so erfolgreiche Roman der großen italienischen Autorin. Ein Buch, das von Liebesbeziehungen und Beziehungen zwischen den Generationen handelt und in unserer Zeit spielt. Der Witwer Giuseppe, um die Fünfzig, löst seine Wohnung in Rom auf, um seinem Bruder, Biologieprofessor in Princeton, nach Amerika zu folgen. In Briefen an seine engsten Freunde bereitet er seinen Abschied vor, nach seiner Ankunft drüben hält er sie per Post über seine Eindrücke und Erlebnisse auf dem Laufenden. Die Zurückgebliebenen antworten ihm und korrespondieren auch untereinander. Aus dem Briefwechsel mit seiner langjährigen Geliebten, mit seinem Sohn, mit anderen Personen aus seinem kleinen Kosmos erwachsen Geschichten und Schicksale, nach und nach entsteht eine kunstvolle Zustandsbeschreibung der römischen Bohème- und Intellektuellenwelt von heute, entsteht eine Seismographie von Liebe und Tod, Eifersucht und Trennung, Versagen und Niederlagen, Einsamkeiten und Egoismen, von Loslösungen und neuem Anfang. Brief um Brief wachsen die Gestalten und werden körperlich. Die Umstände und die Konstellationen ändern sich – und die Menschen. Mit ihnen die Briefe.

Fischer Taschenbuch Verlag

fi 1550 / 5